意林

公元787年，唐封疆大吏马总集诸子精华，编著成《意林》一书6卷，流传至今
意林：始于公元787年，距今1200余年

意林®轻文库

青春最美，梦想出发

中国式好看轻小说优鲜品牌

双子座日记：停在眉间的悸动

轻文库·星梦男神

悦小喵 著

北方妇女儿童出版社

图书在版编目（CIP）数据

双子座日记：停在眉间的悸动 / 悦小喵著. -- 长春：北方妇女儿童出版社, 2019.5

（意林·轻文库. 星梦男神系列）

ISBN 978-7-5585-3578-9

Ⅰ. ①双… Ⅱ. ①悦… Ⅲ. ①长篇小说—中国—当代 Ⅳ. ①I247.5

中国版本图书馆CIP数据核字(2019)第069587号

双子座日记：停在眉间的悸动

SHUANGZIZUO RIJI:TING ZAI MEIJIAN DE JIDONG

出版人	刘　刚
出版统筹	师晓晖
策　　划	安　雅　张　星
责任编辑	吴　强　王　婷　吴宛泽
图书统筹	糯米兔
特约编辑	宁　阳
绘　　图	猫　树
书籍装帧	马骁尧
美术编辑	袁　萌
作家经纪	卢晓凤
开　　本	880mm×1230mm　1/32
字　　数	340千字
印　　张	7.5
版　　次	2019年5月第1版
印　　次	2019年5月第1次印刷
印　　刷	三河市宏图印务有限公司
出　　版	北方妇女儿童出版社
发　　行	北方妇女儿童出版社
地　　址	长春市龙腾国际出版大厦
电　　话	总编办：0431-81629600
	发行科：0431-81629633
定　　价	25.90元

藺月绡

星座：双子座

年龄：20岁

身高：179cm

血型：B型

生日：5月28日

身份：解剖学教授特别助理。

外貌：漂亮的银色长发，为了不引起瞩目平日变作黑色；灰蓝色的眼眸；右锁骨有银色月亮文身；精灵系美男。

喜欢的事物：带有尖或者长耳朵的毛绒小动物，穿得很少去晒月亮，洁白的雪，打游戏，和平主义者。

讨厌的事物：炎热的天气，狼人杀，带有一切狼图腾的东西。

喜欢的食物：麻辣小龙虾，绿色蔬菜和水果。

讨厌的食物：除小龙虾以外的一切肉类，特别是鱼。

星座个性：反应敏捷，仿佛一面魔镜映出的两面，有时像天使一样善良，偶尔又如小恶魔一般顽皮；不会轻易承诺，但一旦认定命中的恋人就绝对不会放手；讨厌被重要的人怀疑，为此不惜以牺牲来证明自己。

能力：驭兽师。

目录

CONTENTS

目录

CONTENTS

楔子

眼前是无边的黑暗，她不断往前跑着，跑着，不知道跑了多久，就在精疲力竭快要绝望的时候，眼前突然出现了光芒——

那道银色的光像月光一样柔和。

在那银白色光芒游走的前方出现了一圈模糊的光晕，而后，慢慢地，那光晕逐渐变亮，如同闪烁着的星光。在那光芒的照拂下，疲惫不堪的身体好像再次蓄满了力量，她再次奔跑起来，终于走出了那片无边的黑暗。

“孩子她妈，闺女醒了，醒了！”

“可算是醒了，这破孩子，担心死我了。”

少女躺在白色病床上，她有着一张清秀的脸，弯弯的柳叶眉下，那原本紧闭的双眼此刻正快速颤动着，浓密的眼睫毛像两把小扇子似的，快速扇动着。

这大暑假的，就不能让人好好睡个懒觉吗?

洛希亚迷迷糊糊中蹭了蹭枕头，直到耳边突然响起了一道熟悉的低沉男声。

“她怎么又把眼睛闭上了……小亚，小亚，你没事吧？”

她猛地睁开双眼，瞬间，四张放大的脸映入了眼帘。

“出……出什么事了？”洛希亚吓得立刻坐起了身，“爸妈爷爷，你们怎么都在我房间？还有萧饶，一大早的，你怎么会在我家？”

离洛希亚最近的是一位面容精致的少年，他穿着一套修身的白色礼服，边线是镏金的设计，随着他的动作闪过暗暗的流光。

他柔顺的短发齐齐向后梳去，露出光洁的额头，脸上还化着精致的妆容，那双平日里总带着几分漫不经心的桃花眼此刻满是紧张地盯着她。

“什么你房间？看看清楚，这里是医院！你瞧瞧你给人家萧饶吓的，昨晚上从朵朵那儿走完秀，他连衣服都没换就跑过来了！”

萧饶还没来得及开口，洛妈妈就恨铁不成钢地说，要不是洛希亚还躺在病床上，恐怕额头上已经狠狠挨了几下了。

洛希亚转过头看了眼四周的环境，整体白色的装潢……果然是医院啊。

洛希亚今年十九岁，是鹿宫大学动物医学系的学生，也就是俗称的“兽医预备生”。洛希亚的爷爷是一位很有名的兽医，开了一家宠物医院。她是家里的独生女，无奈天生怕血，尽管按照父母的愿望读了动物医学，学习成绩却常年“吊车尾”。

洛希亚和萧饶是一起长大的青梅竹马，除了他们之外还有一位漂亮的女生——苏铎朵，也从幼儿园起便和他们混在一起。苏铎朵在服装设计上非常有天赋，再加上经常拉上外形俊朗的萧饶当模特，现在在服装圈内已小有名气。

“朵朵也很担心你，”萧饶目光担忧地看着洛希亚，“不过她的服装发布会还有很多收尾工作，所以一时之间赶不过来。”

洛希亚点点头，记起来昨天苏铎朵的工作室有一场比赛，萧饶之前说过要去当模特……难怪他此刻打扮得如此隆重夸张。

“可是我怎么会在医院？”洛希亚的脑子晕乎乎的。

洛希亚的问题一下子戳到了洛爸爸的痛点，他激动起来：“你还好意思问？你好好的非要跑去参加什么摄影露营，去什么麋鹿峰！现在好了吧？直接从悬崖上滚下来，我告诉你，你这条小命完全是捡来的！你要是能把摄影的激情用在学习上，也不至于沦落到一个动物医学的考试都不及格的地步了！”

听到父亲又开始提功课，洛希亚的脸都白了，她连忙捂住脑袋：“呜呜呜……爸！我的头好痛……”

唉……真是倒霉，她伤得这么重却还要挨骂。

“装！你就给我装！”洛妈妈气急败坏地骂了一句，却还是立刻转身催促道：“老公，你去叫医生来给这个臭丫头看看……”

第一章

火场中的神秘少年

1

鸡飞狗跳的混乱结束后，洛爸爸和洛妈妈担心洛爷爷的身体，带着他先回家了。病房里只剩下洛希亚和萧饶两个人，萧饶迫不及待地问："昨晚在麋鹿峰到底发生了什么事？你真的一点儿也不记得了吗？"

前一天晚上是十年难得一见的超级月亮出现的日子，为了拍摄到超级月亮，洛希亚所在的深蓝摄影社团在半个多月前便策划了这次的露营活动，活动地点选在人气最高的赏月胜地——麋鹿峰。麋鹿峰因为山形似麋鹿而得名，从山顶倾泻而下的瀑布如闪闪发光的银河，也是本地有名的旅游景点。

为了参加这次的活动，昨天傍晚天还没黑，洛希亚就偷偷背着自己的宝贝相机出了门。本来一切都很顺利，但随着慢慢入夜，麋鹿峰上的摄影爱好者越来越多，乌泱泱的一大群人挤在一块，别说拍出精彩的照片了，就是想要找个稍微人少点儿的地方都难。

洛希亚努力回想着昨晚发生了什么……脑海中的迷雾渐渐散开，她记起自己不知不觉地离开大部队，循着潺潺的水声走到了倾泻而下的瀑布前。

然后她在瀑布前的大石头上，看到了一个精灵般的背影，纤细、优雅……

听到这里，萧饶突然变了脸色，酸溜溜地说："你说的就是昨晚一起被送进来的那个男生吧？他是什么人？"

昨晚还有一个男生也被送进了医院？

洛希亚回答："我不知道他是谁啊！只不过……他长得很特别，很好看。"

记忆中，那位少年穿着一件奇怪的白色短袍，在月光的照射下，整个人发出一层淡淡的白光。除此之外，他还拥有一双如宝石般的灰蓝色眼眸，俊美白皙的脸仿佛天使一样，精致完美。

"喂……喂！你要发呆到什么时候？"萧饶不服气地抻了抻西服外

套，昂着头问，“他有多好看？难道比本少爷还好看？”

一听这语气，洛希亚就知道萧大少爷不高兴了。

她赶紧说：“那必须不可能！在我心中，你永远都是最帅的！”

“哼，这还差不多！”

洛希亚无奈地摇了摇头，萧饶俊朗的脸上又露出一抹担忧：“不过你们一起掉下瀑布，还真是惊险！我听阿姨说你被发现的时候，和那个男生一起被潭水冲到了一旁，躺在石头边上。”

是吗？

洛希亚一脸茫然地摇了摇头。她的记忆里完全没有这一段惊悚的经历，除了那个男生的外貌，她什么都想不起来了……

“怎么会这样？为什么我完全想不起来了？”

七月的清晨，窗外的天空刚刚放亮，太阳从山头爬上来，清晨的凉风拂动着窗外的树梢，病房里的空调送出怡人的清凉气息。洛希亚突然觉得说不出的恐慌，她害怕得双手捂住脑袋。

萧饶连忙轻声安慰：“别紧张，之前医生有说过，你的头撞到石头，受了撞击，所以可能会有暂时的记忆断层。你以后会慢慢想起来的！”

“这样吗……”

洛希亚这才稍微放松了一些，但她总有一种自己遗忘了什么重要事情的感觉。

“03 号房的病人，你身体怎么样？”

正在这时，穿着白大褂的医生们进来巡房，在萧饶的催促下，他们给洛希亚做了一遍全面体检，之后医生们表示洛希亚的身体并没有什么大问题。

“你这也不算失忆，就是和喝多了酒的人一样，记忆有了一点儿缺失，不会影响到生活的。”医生的回答与萧饶刚才说的话并没有什么区别。

医生们离开后，洛希亚看着窗外在阳光下泛着光的树叶，清风拂过，树叶沙沙作响，如同一树的宝石，格外耀眼。

“对了，”她忽然想起什么，“不是说那个男生跟我一起被送进医院了吗？他在哪儿？”

洛希亚扭头看一旁的萧饶，如果对方是跟她一起出事的，那他总该记得当时发生了什么事吧？

“在隔壁病房。”萧饶不情不愿地说。

“那我们去看看他吧！”洛希亚立刻从床上爬了起来，激动得差点儿撞倒一旁的点滴架。

“你小心点儿！”萧饶连忙取下一旁的点滴瓶，跟在她身边一起出了门。

“那个男生伤得比你重，还被什么东西抓伤了，听说他醒来以后一个字也不说。如今医生说要他留院观察几天……”

“这么奇怪？”洛希亚好奇极了，她刚走到隔壁病房的门口，就听到里面传来护士惊慌失措的大叫声：“不好了，26 号床的病人不见了！”

事情的发展让人始料未及，原本洛希亚以为能从和自己一起跌落瀑布的男生那儿得到更多信息，可没想到他悄无声息地离开了医院，只是在自己的枕头底下留下了住院治疗的费用。

一直到洛希亚出院，她也没能再见到那个男生。

洛希亚家是一栋带院子的三层小洋楼，现在院子被分成了两大块，一块养着爷爷捡来的流浪动物，另一块地方则种着奶奶过世前养的花花草草。

这几天，洛希亚总觉得自己的脑子昏昏沉沉的，她心不在焉，恍惚中好几次差点儿把猫粮、狗粮塞进自己的嘴巴里。有时候爷爷让她去给院子里的大金毛喂水，她也能提着满满一桶水出去，在太阳底下发半个小时呆，然后又提着满满一桶水再原样回来。

家里人看了都摇头：“这孩子怎么了？失魂落魄的。”

就这样，洛希亚在家消沉了好几天之后，萧饶顶着炎炎烈日来到了她家，兴高采烈地邀请她。

“小亚，朵朵的工作室得了设计大赛一等奖，咱们一起去给她庆祝庆祝吧！”

“真的？”洛希亚这才打起了精神，惊喜地说，“真的吗？小朵真是太厉害了！”

苏铎朵向来就是他们三人中最漂亮也最聪明的一个。从小，苏铎朵的目标便很明确，长大以后她要当一个厉害的设计师，所以她取得什么样的成绩，洛希亚都不会怀疑……这一切都是苏铎朵应得的。

2

萧饶带着洛希亚去了市中心一家新开不久的日式料理店，入口处是精致的小桥流水造景，背后是一块古色古香的日式红枫穿林屏风，绕过屏风后，便瞬间像是穿越到了另一个世界。空气中隐隐飘荡着柔缓的和风音乐，服务生小姐穿着传统和服轻声细语地为客人服务。

此时已是傍晚时分，夕阳瑰丽绚烂，店里的空调吹来徐徐的凉风，洛希亚一进店门，便感觉到一阵心旷神怡。

“这家店的食材特别新鲜，北极贝刺身都是空运来的，你们女生肯定会喜欢……”

萧饶虽然经常跟在洛希亚身后像个小跟班，但他毕竟是富裕人家的少爷，平时见多识广，连带着对美食也很有研究。他带着洛希亚来到包厢，一手包揽了点菜、倒饮料等各种小事，十分贴心。

又过了好一会儿，苏铎朵才推开包厢门，所经之处，食客的目光都汇聚到她的身上，不过她却一点儿也不在意：“对不起，我迟到了！”

苏铎朵那双明眸中泛着点点水光，微鬈的长发自然地垂落在肩头，笑起来时仿佛绽放的花朵，让人觉得整个世界都明亮了起来。

“没关系，我们也刚到，”萧饶递了一杯水过去，“喝口水吧，瞧你这赶的。”

苏铎朵接过他递来的水杯，笑容更加灿烂了：“谢谢萧饶哥。”

“不客气。”

苏铎朵刚刚在萧饶身旁坐下，洛希亚就星星眼地看着她：“小朵，恭喜你得奖！你真是太棒了！”

苏铎朵腼腆温和地笑了起来：“谢谢你小亚，这只是一个小比赛啦！”

苏铎朵是一位天才少女，她才十七岁就考上了名牌大学的服装设计专业，穿的衣服都是自己亲手设计的，简直是一块行走的广告牌，很快就将自己的工作室打造成了网红设计店。

不过，或许是因为苏铎朵太厉害了，所以哪怕她是三人中年龄最小的那一个，洛希亚都始终没有办法把苏铎朵当成妹妹看待。更多时候，苏铎朵像一个温柔的大姐姐，给洛希亚鼓励和安慰。

在三个人“青梅竹马”的组合里，苏铎朵聪明温柔，萧饶爽朗逗趣，而洛希亚则认为自己傻乎乎的……大家的性格彼此互补，他们才能这么多年一直维持着坚固的友谊。

“你可是在实现自己的梦想呢！真的很了不起了！”洛希亚完全是苏铎朵的头号“迷妹”。

苏铎朵微笑着摇摇头，关切地问：“对了，你前几天去拍摄出了意外，没事了吧？我准备比赛实在是太忙了，没时间去看你……”

“没事，没事啦！”洛希亚连忙摆摆手，“受了点儿小伤而已。”

“那天我要是没有拉萧饶哥去当模特就好了，有他跟着你，你就不会出事了。”苏铎朵一脸自责。

最初听说洛希亚要参加麋鹿峰夏令营时，萧饶就打算跟洛希亚一起去，但是临出发那天，苏铎朵原本设计比赛的一位男模特却突发疾病无法到场，情急之下，萧饶只好赶去救场。

“真的没事啦！”洛希亚赶紧反过来安慰她，“难得他有机会穿那么帅的衣服出来，他高兴还来不及呢！”

同样身为女生，洛希亚怎么能不知道苏铎朵一直对萧饶有好感呢？

身为两个人的好朋友，她当然义不容辞地给他们制造机会，两个人多相处一些，说不定就擦出了爱的火花。

“我可真是谢谢你了！”萧饶朝她翻了个大白眼。

“哈哈，萧饶哥在 T 台上简直太帅了！只有他才能把我设计的衣服穿得这么好看，是他成就了我的设计！”苏铎朵目光闪闪地看着萧饶，大概萧饶在她心中从来都是没有缺点的吧。

看着萧饶那扬扬得意的模样，洛希亚摇摇头：“反正你专业都选错了，还是求求朵朵以后收留你当模特吧！”

“喂，洛希亚，你够了啊！”听她又揭自己伤疤，萧饶终于绷不住了，那张帅脸染上了一层红晕。

或许是两个人性格都大大咧咧，萧饶从小就更喜欢缠着洛希亚，甚至还和她报考了同一所大学，但在选专业时却错把动物科学当成了动物医学，拿到录取通知书时他整个人都傻了，从此成为朋友圈的一个大笑话，被大家嘲笑了整整一年。

偏偏当初萧饶家里是想让他出国，为了留下来，他大闹了一场，所以也只能打落牙齿往肚子里咽，苦哈哈地念着现在的专业。

看着萧饶难得尴尬的模样，一旁的苏铎朵也不由得忍俊不禁。萧饶气得磨了磨牙：“洛希亚，你再这样，休想让我再帮你干活了！你们做实验缝针和解剖，我也绝对不会插手！”

“好了，好了，我错了，都是我的错！”洛希亚连忙求饶，每次萧饶只要拿出这个“撒手锏”，她就只有乖乖认错的分儿……谁让她这么害怕面对那些东西呢？

“知道错就好，你必须对自己的错误负责，知道吗？”

“知道，知道！”

看着两个人互动，苏铎朵的脸上虽然始终带笑，眼中的情绪却已然变成了失落。

什么时候，萧饶面对她能像面对小亚那样轻松呢？

3

三个人在一起有说有笑地享用了一顿美味的晚餐，从日料店出来后，洛希亚借口要散步，怂恿萧饶送苏铎朵回去，自己这才哼着轻快的小调走开。

晚上难得有风，轻缓的南风稍稍吹散了夏日的暑气，从地铁站出来以后，洛希亚一边吹着风，一边惬意地散着步。她还没走多远，突然发现路边的一座宅子升起了滚滚黑烟，不少人隔着一条马路围观，纷纷指指点点，却都不敢靠近。

“啊，着火了！”

路边着火的宅院离洛希亚家不远，从她有记忆以来，那个宅院就一直没有人住过，斑驳掉漆的墙面上已经爬满了爬山虎，偶尔透过绿叶的缝隙还能看到院子里，到处都是脏兮兮的家具，院子里长满了杂草。

“哎呀，火烧得真的好大！这里面没有人吧？”

“放心吧，没有人，但是这火势很危险啊，就怕烧到旁边的房子。”

“对啊，这些邻居怎么办？”

洛希亚挤到人群前排，听到身旁人们的议论声，她刚想要开口问发生了什么情况，忽然，火场中传出一声巨大的嘶吼——

“吼！”

一瞬间，大地都为之震颤，好像有什么凶猛的野兽从沉睡中苏醒了似的。

伴随着这声嘶吼，宅院上方的火焰瞬间像是被赋予了生命，开始剧烈地变幻起形状，弥漫的黑烟中透出一只巨兽形象，仿佛随时都可能将周围的生命吞噬。

围观的群众被吓得不轻，集体退后了几步，议论声却更大了。

“怎么回事？刚才那是什么声音？”

“那院子里还关了野兽吗？”

“不会吧？如果真的有野兽，刚才冲进去的那个孩子怎么办？”

“什么？”

洛希亚担忧地瞪大眼睛，扭头问身边的人：“什么时候的事啊？火这么大，怎么会有人冲进去呢？”

“就在几分钟之前，有个男生冲进了火场，现在不知道怎么样了！”旁边的大叔摇摇头，“刚着火就有人打119了，消防车也应该快到了吧？”

听到已经有人打了火警电话，洛希亚微微松了口气，但看着眼前火势越来越迅猛，她不由得害怕了起来。

这么大的火，那个男生还能活着出来吗？

“嘀呜，嘀呜——”

消防车很快来了，本来洛希亚还牵挂着火场中男生的命运，想要继续等，不过这时洛爷爷打来电话，说酸奶又闹脾气了，让她带一只清蒸乳鸽回去。

酸奶是洛希亚的奶奶在世时养的一只白色波斯猫。洛奶奶去世后，洛爷爷便把它当成了宝贝，虽然它现在已经十几岁了，平常不太爱动，但是脾气大得很，时不时就闹点儿小情绪。

眼见消防员叔叔冲进了火场救人，洛希亚挂掉电话，转身往回走：“必须赶在鲁记关门前买到乳鸽才行。”

想到这里，洛希亚在大路和更近的小路之间选择了小路，不过附近的人可能都跑去火灾现场看热闹了，小巷子里静悄悄的，天色暗了，只有夜风轻拂过树梢发出的簌簌声。

“好奇怪啊……”

洛希亚莫名感到不安，只觉得自己的汗毛都竖了起来，她不自觉地加快速度，还没走多远，身后传来了一声低沉的咆哮声。

“吼……”

她一回头，一双恐怖的眼眸在巷子口盯着她，在昏暗的路灯下散发出赤红色的光芒。

“啊！是野狗！”

一条脏兮兮的大狗出现在洛希亚的身后，它流着哈喇子，瘦骨嶙峋。家里开宠物医院的洛希亚一眼看出来它不太对劲，伴随着低沉的咆哮声，它开始缓缓朝洛希亚靠近……

“走开！”

洛希亚和它对视着，故意龇牙咧嘴想要把它吓走。可明明知道自己不能拔腿就跑，但眼看它离自己越来越近，那双布满血丝的眼球也越来越清晰，一瞬间，洛希亚的脑海中只剩下一片空白。

洛希亚什么都顾不上了，转身就跑：“哇啊，救命！”

她的逃跑像是某种信号，身后的野狗立刻狂吠追来：“汪汪汪！”

人怎么可能跑得过狗？尤其还是一条铆足了劲的野狗，听着耳边越来越近的犬吠和喘气声，洛希亚的心里“咯噔”一声。

她完蛋了！

这时，前方的拐弯处突然闪过一道人影，洛希亚的心中闪过一个念头：糟糕，她反正要被咬上了，难道还要再拖累一个人吗？

她连忙大声提醒：“小心！快闪开！”

可是，已经来不及了！

还没等她看清楚前面的人，只觉得一阵风拂过，她的腰间传来一股温暖的力量，人影搂着她转了个圈，一道低沉而富有磁性的嗓音响起：“到我身后去。”

洛希亚睁开双眼，发现人影挡在了她身前——那是一个穿着黑色 T 恤的高大青年，洛希亚仰视着他那山一样的背影，目测他身高可能超过了一米九。

“滚开！”青年举起一只手，弓起背低吼。

那个瞬间，青年黑色 T 恤下的身体绷出充满力量的线条，他的动作充满了攻击性，仿佛下一秒就会上前，徒手将眼前的侵犯者撕碎。

“呜呜……”野狗顿时像是受到了某种致命威胁，呜咽一声，夹着尾巴逃跑了。

洛希亚目瞪口呆，她愣了好一会儿，才紧张地道谢："谢谢你！"

"不用谢，女生晚上出门尽量小心！"青年扫了她一眼，似乎还有急事，匆匆转身离开了。

4

短暂的喧闹声过去，直到小巷中再次只剩她一个人，洛希亚仍旧没有从刚才的冲击中回过神来。

刚刚的青年看上去二十几岁，身形健硕，仿佛每块肌肉都蓄满了力量，昏暗的路灯下，他的五官深邃而立体，一双灰褐色的眸子冰冷锐利，好像缺乏人类的情感。

“外国人吗？”

一阵微风吹过，洛希亚打了个冷战，赶紧加快脚步，当她要路过拐角时，眼角的余光突然瞟到什么东西在发出闪光。

“什么情况？”

洛希亚吓了一跳，警惕地扭头看向路边，原来刚才闪光的是一块深绿色的石头。为了看得更清楚一点儿，她打开了手机的手电筒——在灯光下，石头不再发光，显露出上面刻着的奇怪图案。

图案是无数个小小的线条，围绕着顶上的一个圆圈，像是远古时代的壁画的微型版本，洛希亚看不明白石头上刻着什么，眼看着马上要到鲁记关门的时间，她再也顾不上研究，随手将石头揣进口袋里，跑出了这条小巷。

“我回来了！”洛希亚刚到家，一眼瞥到洛爷爷在一边看电视，一边等着她。

见孙女进门，洛爷爷摘下了老花眼镜：“小亚回来啦！乳鸽买了吗？”

“在这呢！”

洛希亚把装乳鸽的袋子放到桌上，正想从口袋里掏出那块石头，老人家已经迫不及待地指挥了起来：“你赶紧给酸奶送上去吧！这么热的天气，它又发脾气，窝在小阁楼里去了，可别出什么毛病才好……”

听着爷爷滔滔不绝的念叨，洛希亚赶紧拿起袋子去了厨房。剔出鸽子肉里的骨头，装盘……等到她好不容易安抚好了家里的猫主子重新下楼来时，洛爷爷已经回房间休息了，而电视里正在播放火灾的新闻。

“接到火警电话后，消防官兵及时出动控制了火情，很快将大火扑灭……”

火灭了？不知道那个男生逃出来了没有。

女主播一脸肃然地播报：“根据现场的监控录像显示，在消防车赶到前，曾有一年轻男子冲进火灾现场，事后消防人员却并未在现场找到该男子……”

洛希亚一脸紧张地关注着新闻，女主播接着报道：“据现场群众反映，发生火灾的宅院曾传出奇怪的野兽咆哮声……目前起火的原因还有待进一步的调查。关于失踪的年轻男子的身份，期望有知情群众可以与我们联系，我们的联系电话是……”

电视屏幕中播出了火灾现场的监控画面，洛希亚看到一个穿着灰色T恤的男生突然冲进火场，不由得发出一声惊呼：“啊！是他！”

纤细而颀长的四肢，柔顺的黑发，还有那双……神秘美丽的灰蓝色眸子。

这个冲进火场的男生，不就是她在麋鹿峰遇到的男生吗？

“他怎么会出现在这里？”洛希亚震惊出声。

一时间，奇怪的感觉袭上她的心头……想到他一声不吭地从医院逃跑，又联系起自己对那天晚上空白的记忆，她的脑子里顿时乱糟糟的。

坐在沙发上发了好一会儿呆，洛希亚的手机忽然“嗡”地振动了一声，是洛爸爸发来微信叫她去宠物医院值夜班。

炎热的夏天，中暑的宠物猫狗越来越多，洛爸爸洛妈妈已经连续好几天待在医院没回家了，洛希亚起身收拾起东西来，准备去医院帮爸妈轮班，让他们回来好好睡一会儿觉。

电视里的画面转到了围观群众的采访，大多数人都怀疑那个男生已经死掉了，也有人猜测他应该是从其他方向逃跑了，而现场并没有找到任何可疑生物，一时间也是人心惶惶，众说纷纭。

关掉电视机前，洛希亚瞥了一眼电视画面中男生的脸，虽然她和男生只有一面之缘，但她还是衷心希望男生已经成功逃离了火灾现场。

宠物医院离洛希亚家不远，沿着家门口的大路一直走几百米便到了，洛希亚倒不用担心安全的问题。洛希亚家的宠物医院叫“毛团星球”，刚开业时，洛奶奶种了满满一墙的蔷薇，虽然现在还不是蔷薇开花的季节，但满藤绿意盎然，生机勃勃。

“哗啦——”

临近门口，洛希亚低下头从包包里摸索着大门的钥匙，忽然间，一道阴影映入眼帘——

“啊！”她吓得尖叫出声。

蔷薇花墙下，居然倒着一个黑色身影！他在夜幕中被建筑物的阴影遮住，如果不是她靠得这么近，她还真的发现不了。

“什……什么人？”

洛希亚第一时间把双肩包摘下来，挡在胸前充当武器，然而等了一会儿，周遭还是一片沉默，只有偶尔从后墙的院子里传来几声“汪汪”的犬吠声。

“喂！你……你没事吧？你还醒着吗？”

黑影依旧趴在地上一动不动，洛希亚壮着胆子往前走了几步，艰难地吞了口口水。

是酗酒过度的酒鬼吗？可是他身上并没有酒味啊！

等等……这个人不会是死掉了吧？

只不过短短几秒钟，洛希亚的脑海里就闪过了十几种可怕的事故。今天到底是怎么了？奇怪的事一件接一件。

“喂，你没事吧？醒醒……”

洛希亚颤抖着从包包里摸出手机，打开手电筒照过去——

一个仰躺着的人映入洛希亚的眼帘，这是一位面容俊美的少年，他看上去无比狼狈，身上的衣服也被烧得破烂不堪，所幸脸部还是好好的，没受什么伤。洛希亚一眼认出了这张熟悉的脸。

“是他！”

这个美少年不就是今天下午闯进火场的那个男生吗？

洛希亚瞪大了眼睛，目光扫到男生手臂上的两道血痕，更加吃惊了……经验丰富的她一眼认出这是动物的抓痕。

他身上怎么会有抓痕？难道现场真的有野兽？

还有，他为什么会在这里？他自己逃出来的吗？可……为什么会倒在她家医院门口？

洛希亚缓缓伸出手指，轻轻放在对方的鼻子下……

“呼……还好，有呼吸。”

洛希亚还没来得及松口气，下一秒，男生的怀中突然有什么东西拱了拱，一双荧绿的眼眸朝她看了过来。

“喵呜——”

“哇啊！”洛希亚吓得一屁股坐到地上，手机都摔飞了，“什……什么东西？”

一只黑猫从男生的怀中跳出来，它弓起了背，朝洛希亚示威般叫着。刚才它一动不动地缩在男生怀中，黑色毛发与男生的衣服颜色融为一体，洛希亚才没有一下子发现。

“是猫啊……”洛希亚轻吁了口气。

黑猫浑身的黑毛都奓开了，只有四只猫爪是雪白的颜色，就像戴着四只可爱的“白手套”，它像战士一般守护着男生，一双荧绿的眼眸瞪得滚圆，看起来可爱极了。

“扑哧！”

也许是天生对宠物充满好感，洛希亚心中紧张的情绪一下子就平静了下来。

“咪咪别紧张哦！我不会伤害你们的……”

洛希亚一边轻柔地哄着黑猫，一边从地上捡起手机，黑猫不知道是

不是听懂了她的话，轻盈地迈着猫步走到她身边，好奇地歪头看着她。

她正打算按下“110”报警，脚踝忽然被一双手抓住了——

“不要……”

“哇啊！”洛希亚吓了一跳，她低下头，发现原本陷入昏迷的美少年睁开了眼睛，拼命地凝视着她，一字一顿地说：“不……不要报警……”

男生那双灰蓝色的眼眸仿佛盈满了月光，他语气充满恳求，说完这句话之后，再次失去意识，昏迷了过去。

过了好一会儿，洛希亚才从震撼中回过神来：“不……不报警？那……那我怎么办啊？”

她看了看躺在地上的美少年，又看了看虎视眈眈地盯着自己的黑猫，顿时头都大了。

第二章

爱晒月亮的神奇少年

1

洛希亚几乎是半拖半抱地将昏迷的男生拖进了宠物医院，他身后的黑猫也立刻踩着猫步跟了进来。将人抬到了宠物医院里休息区的沙发上后，她再也没有多余的力气将他带到楼上的休息室了。

气喘吁吁地休息了一会儿，洛希亚才去打了一盆水，给男生擦拭起身上的污渍，又简单地帮他处理了一下身上的伤口。

这个过程中，黑猫一直懒洋洋地团在沙发的扶手上，一旦男生中途因为她的笨手笨脚发出闷哼声，它就会立刻发出“喵呜”的不满声。

“好好好，对不起，对不起，我下次一定小心……”每每这个时候，洛希亚只能抬头向猫主子道歉。

本来她以为自家的酸奶已经是最难伺候的猫，见到眼前的黑猫，洛希亚又一次定义了什么叫作脾气差。

半夜时，洛希亚正在楼上的临时休息室里刷着摄影论坛的帖子，楼梯间突然传来动静。

“嘎吱——嘎吱——”

像是什么轻轻踩在木质楼梯上发出的声音，那声音极轻，如果不仔细听的话，很容易被忽略，然而正是因为这样，才让人越发觉得毛骨悚然。

有什么东西正朝着楼上过来……

这个时候，整个城市都已经陷入了沉睡，周围显得安静无比，也因此，这动静瞬间便像是惊雷一般，在洛希亚的心头轰然炸响。

她感觉到了害怕。

是谁?

冷汗瞬间浸湿了洛希亚的脖子，她连忙握紧手机，从床上坐起来，打算一旦有任何状况，便立刻报警。

“吧嗒……吧嗒……吧嗒……”那声音越来越靠近，洛希亚的神经也高度紧张起来。

最后，那声音停在了门外。

洛希亚颤抖着按下了“110”三个数字，她吞了吞口水，静静缩在墙角的位置，手指放在了绿色的拨号键上方。

就在这个时候，她清晰地听到了门口传来的挠门声，“吱吱吱”的硬物抓挠过门板的声音伴随着猫叫声在门外响起，那声音在夜晚显得刺耳而突兀，洛希亚反而松了口气。

“喵呜——”

虽然听不懂黑猫在叫什么，但是洛希亚听出了那叫声中的焦急，莫非是她带回来的那个男生出事了？

她连忙打开房门，跟着黑猫下了楼。

被安置在沙发上的男生原本惨白的脸色悄然染上了红晕，呼吸也变得急促许多，汗水在他的脸上逐渐凝结显现……

洛希亚连忙伸手摸了摸男生的额头：“完了，真的发烧了！”

听到她的话，黑猫立刻竖起了脑袋，荧绿的眸子瞬间紧张地看向了沙发上的身影，随即抬头再次看向了洛希亚，仿佛在问：现在应该怎么办？

“怎么办？我也不知道啊！”洛希亚抓狂地挠了挠自己的头发，好半晌才想到了一个人。

“喂，蓝黎，救命啊……”

蓝黎是洛希亚在鹿宫大学动物医学专业的本地同学兼室友，也是本专业的学霸一枚，两个人也是关系很好的朋友，因为蓝黎暑假想找宠物医院的工作实习，于是洛希亚推荐她来自家的宠物医院上班。

在电话中，洛希亚对蓝黎简单交代了一下男生的状况，便挂断了电话。

等待蓝黎到来的时间，洛希亚看着又守回到男生身边的黑猫，轻声说道：“看你对他这么紧张的样子，是他救了你吗？”

回答她的是一声傲娇的“喵呜”声。

蓝黎很快打车赶到，她穿着简单的黑色短袖T恤、黑色运动短裤，大概是出门匆忙，她那一头短发还有些乱糟糟的，如果不仔细看，真像是从哪里跑来的小帅哥。

洛希亚在一旁看着蓝黎快速且专业地重新处理男生的伤口，对比之前自己手忙脚乱的一幕，暗自在心中感慨：这就是学霸跟学渣之间的差距啊！

蓝黎一边重新处理着男生的伤口，一边不赞成地睨了洛希亚一眼：“你就这样不明不白地收留一个陌生人？”

“那……那不是情况危急吗？再说了，他伤得这么严重，不会对我怎么样的啦。”洛希亚蹲在沙发边上看着好友的动作，她好像已经完全忘记刚才是谁被黑猫上楼的声音吓得冷汗涔涔了。

蓝黎又看了她一眼，无奈地摇了摇头：“你啊！下次遇到这种情况还是多长点儿心眼吧，真要出事了再后悔可来不及了！今晚我留下来陪你一起好了。”

“黎黎，我就知道你最好了。”趁着蓝黎转身，洛希亚立刻扑了过去，抱住蓝黎的腰撒娇。

“好了好了，以后别这么莽撞了。”说着，蓝黎快速处理好男生的伤口，随即又顺手抱过一旁的黑猫……

“哎，危……”

洛希亚看到蓝黎的动作心下一惊，正要提醒，蓝黎已经把黑猫抱了起来。蓝黎笑着问道：“喵喵，你哪儿受伤了呀？姐姐帮你看看好不好？”

更让洛希亚震惊的是，刚才对着自己一副凶神恶煞模样的黑猫，此刻却一副可爱得不得了的样子，冲着蓝黎嗲声嗲气地叫了起来：“喵呜……”

“等等，它这是差别对待！明明是我救了他们，为什么刚才对着我的时候还一脸警惕的样子，不允许我靠近，现在到了你的手上就这么嗲了？”洛希亚指着乖乖被蓝黎处理着伤口的黑猫，不服气地抱怨了起来。

闻言，原本还在摇着尾巴的黑猫立刻抬起头，像是听懂了她的话，它看了眼一旁男生身上被处理过的伤口，懒懒地发出一声：“喵呜……”

洛希亚发誓，她在那叫声中听到了鄙夷，她气急败坏地吼道：“黎黎你看，它居然敢看不起我。”

闻言，蓝黎无奈地微笑：“好了好了，你都多大的人了，跟一只猫置什么气？再去洗块毛巾帮这个男生擦擦脸上的汗水吧，这样他会舒服点儿。”

“好吧。”看看躺在沙发上的男生，洛希亚的心顿时柔软了下来。

2

夏天天亮的时间总是格外早。

第二天早上，调皮的阳光透过没有完全拉合的窗帘晒到洛希亚的脸上，她腰酸背痛地从睡梦中醒来，发现已天光大亮了。

她面前的床上空荡荡的，有一瞬间，她还以为睡觉时自己从床上掉了下来，正想重新爬到床上接着睡，昨晚的事情突然像海浪一样朝着她涌来……

昨晚蓝黎处理好了男生的伤口后，担心他在楼下半夜醒来会被楼下的猫猫狗狗吓到，两个人便艰难地把人抬到了楼上。

只是现在……

人呢?

洛希亚连忙四下张望，忽然发现她寻找的人正蹑手蹑脚地朝房门外走去，他马上就走到门口了，而那只黑猫也亦步亦趋地跟在他的身后……

洛希亚冲过去一把抓住了男生的手臂，大叫："你想去哪儿？"

男生显然没料到逃跑会被抓包，吓了一跳，他瞪大那双灰蓝色的眼眸，错愕地看着她："你……醒啦。"

洛希亚轻哼了一声："我要是没醒，你是不是就偷偷跑掉了？好歹我也救了你，你是这么报答救命恩人的吗？"

男生脸上的尴尬一闪而逝，他很快恢复了平静，轻轻拂开洛希亚的手指，轻声道："对不起，还有谢谢你，但我还有其他事情要去处理。"

他的声音带着少年特有的清冽，如同夏日里的清泉，让人忍不住想要沉醉其中。

但是，洛希亚可不会就此被迷惑，她转过身，挡在男生和门板之间，担心男生会突然逃跑。

"你到底是什么人？为什么会出现在火灾现场？还有，你就是那天跟我一起被送去医院的那个男生吧……"洛希亚一口气把自己心中的疑

问都问了出来。

男生被洛希亚这连珠炮似的问题问住了，好一会儿，他开口道："我叫蔺月绡，是过来这边工作的。昨天我的猫不知道为什么冲进了火灾现场的院子里，我听到它的惨叫声，才会跟着冲进去的。"

蔺月绡说着，伸手抱起了一直在他脚边轻蹭着的黑猫，伸手抚了抚它的背毛，修长的手指在黑色的猫毛映衬下，显得越发洁白莹润，说不出的好看。

而被他抱着的黑猫，也一改面对洛希亚的臭脾气，对着他又舔又蹭，说不出的娇嗲。

原来这是他的猫啊！她就说嘛，这只猫对他那么在意呢。

"那麋鹿峰呢，又是怎么回事？你第二天为什么突然从医院跑掉了？"

蔺月绡脸上的表情顿时变得有点儿奇怪，他看着她，像在怀疑着什么："你……"

洛希亚以为他是奇怪自己为什么又问那晚的事情，有点儿不太自在地解释道："其实是这样的，我也不知道怎么了，那天从医院醒来以后，便忘记头天晚上遇到你以后的所有事情。"

听到她这么说，蔺月绡如释重负地松了口气。

洛希亚奇怪地看向他。

蔺月绡连忙收敛脸上的表情，轻咳了一声，微微垂眸，好一会儿后，他轻声解释起来："那天我上山是去观察麋鹿峰上的动物，结果因为白天太累了，傍晚时不小心在山里的瀑布旁睡着了，醒来时就听到你的惊呼声……你当时好像是在追拍萤火虫，然后没注意脚下，失足落水了……"

蔺月绡一直在观察着洛希亚脸上的表情，确定她脸上没出现什么奇怪的神色，才接着讲："我下水救你，结果你抱住我死死不放，我被勒得喘不过气，好不容易才把你带上了岸，随后便失去了意识。之后的事情我也不知道了。”

被那样一双漂亮的眼眸注视着，洛希亚莫名觉得脸上有点儿发热，她下意识地避开蔺月绡的视线，有点儿不自在地问道：“真……真的是这样吗？”

死死抱住人家不放，这也太羞耻了。

这时，她的脑海里忽然浮现出一道银色光芒，难道这是萤火虫的光芒最后留在她的脑海中的记忆？

她隐隐觉得不对，可是一时间又说不上是哪儿不对。

“嗯。”蔺月绡点头，语气中带着几分不易察觉的审视。

“那……你从医院消失的事呢？”

“我……那天突然有人约我出去谈一件很重要的事……”

“这样啊！”洛希亚心中最后一个疑问也得到了解答，她终于露出了笑容。

蔺月绡松了口气，脸上逐渐露出几分疲态，洛希亚这才想起对方现在还是一个伤患，连忙又上前道：“对不起，我都忘记你身上有伤了，你继续去休息吧！”

“不……”

蔺月绡正要拒绝，听到动静的蓝黎上了楼，在门外敲门道：“小亚，你们醒了吗？”

洛希亚打开房门，见到蓝黎，立刻像见到了救命恩人似的，把人一把拉进来：“黎黎，你来得正好，蔺月绡醒了，你快帮他看看……”

“我真的没事了……”蔺月绡试图拒绝。

蓝黎惊异地看了洛希亚一眼，没想到他们这么快就交换了姓名，也不知道两个人到底聊了多久。

蓝黎径自走到了一旁的沙发上坐下，朝着眼前的男生说道：“怎么会没事？你昨晚还在发烧呢！”

洛希亚见蔺月绡仍旧一脸为难的模样，忍不住在他身后推了一把：

“去吧去吧，没事的话，检查一下也好放心呀……”

“喵呜——”黑猫见状，立刻充满威胁地朝着洛希亚叫了起来。

“好好好，我不碰他！”洛希亚连忙松开了手，双手高举，做投降状地看向地上的黑猫，半真半假地对着蓝黎的方向调侃道：“瞧这忠心耿耿的小模样，这大概是来自猫的报恩吧！”

蔺月绡回头看了洛希亚一眼，这才无奈地在蓝黎的面前坐下来。

见状，黑猫立刻跟着跳上沙发，在两人之间的空隙处团成了一团，卧了下来。

蓝黎好笑地摸了摸它的脑袋，这才开始检查蔺月绡身上的伤口，很快，她的脸上露出一抹疑惑的神情：“奇怪，你身上的烧伤怎么这么快就愈合了？”

听到蓝黎的话，洛希亚立刻凑了过去，果然，昨天晚上她处理过的男生身上的烧伤已经基本上结痂了，一些轻微的擦伤也慢慢开始愈合。

她奇怪地看向蔺月绡，蔺月绡赶紧解释：“我们家的人天生就这样，身体很棒！恢复能力也不错！”

蔺月绡一笑，那张精致得不似真人的脸顿时变得鲜活了起来，洛希亚立刻又有了那种脸红心跳的感觉，哪怕是一向对男生不假辞色的蓝黎也不自在地避开了视线。

不过，蔺月绡这样的情况倒也不是没有遇到过，所以蓝黎也没有多问，只是继续查看他身上的其他伤口……

“奇怪，为什么你身上的烧伤都好得差不多了，这些被撕咬的伤口却一点儿愈合的痕迹也没有？你身上这些伤口是被什么动物伤的？看这齿痕，是野兽吧？”过了好一会儿，蓝黎奇怪地问道。

听到蓝黎的话，洛希亚又想到了昨天在火灾现场听到的奇怪吼声，难道现场真的有野兽？

闻言，蔺月绡脸上的笑容僵住了，他支吾地说：“当……当时的情况太紧急了，我也没有注意。”

蓝黎并不知道昨晚火灾的具体情形，点了点头，便继续帮蔺月绡换起药来。而洛希亚只当他是经历了火灾，到现在仍旧心有余悸。

洛希亚小心翼翼地问："你在现场没有看到什么奇怪的动物吗？"

那一瞬间，蔺月绡看向她的眼神说不出的奇怪，像是在猜疑着什么，然而最终，他只是摇了摇头，坚定地说："没有。"

洛希亚低头又看向蓝黎的动作，见她似乎还要一会儿，眼看快要到宠物医院开门的时间，她进了洗手间洗漱。

此时天光已经大亮，太阳升上了天空，温度也逐渐在升高。洛希亚简单洗漱了一番，出来后，便又在两人旁边的沙发上坐下来，一边玩着游戏，一边时不时瞄蓝黎的动作两眼，默默等待着她帮蔺月绡换完药。

蓝黎处理着蔺月绡的伤口，难得还能一心两用地看了眼洛希亚："你怎么还不走？今天没事吗？"

"我等你帮他换完药，然后带他去派出所录笔录。"洛希亚靠在沙发上，懒洋洋地回答。

闻言，原本正垂着眼睛游神的蔺月绡立刻抬头看向她，他张了张嘴，似乎想要拒绝，最终还是什么也没说，又低下了头，不知道在想些什么。

洛希亚和蓝黎并没有注意到蔺月绡的异样，蓝黎忽然想到了什么，小心翼翼地问洛希亚："你最近不用去学校实验室帮忙吗？"

说起这个，原本蓝黎都已经做好准备要听洛希亚的一番抱怨了，没想到洛希亚露出了大大的笑脸，坐正身体道："跟你说个好消息，林凯那个大魔王终于出差去了，要到开学时才能回来，我自由了，嘿嘿嘿嘿……"

林凯今年才二十七岁，是鹿宫大学最年轻的教授，同时也是业内有名的动物学专家之一。听蓝黎说，他还是现在国内最有名的格非生物集团的项目负责人。这样的成绩，以他的年纪来说，随便拎到哪里，都是妥妥的精英。

按理来说，给这样的精英打下手，洛希亚应该感激不尽才对，毕竟

不是谁都会有这样的学习机会，但是偏偏……偏偏林凯的性格毒舌又恶趣味，实在让她忍受不来。

没想到会在这里听到“林凯”的名字，刚刚已经低下头去的蔺月绡再次抬头，聊得正兴奋的两人终于注意到了他。

奇怪地看着蔺月绡的反应，洛希亚疑惑地问：“怎么了？你伤口疼了吗？”

蔺月绡摇了摇头：“没事。”

“你这是在怀疑我的医术吗？”蓝黎斜睨着眼问。

“对不起大佬，我错了。”洛希亚连忙投降。

3

赶在洛爸爸、洛妈妈到来之前，洛希亚带着蔺月绡去附近的餐馆吃了早餐，然后一起去往派出所，黑猫“煤球”被暂时托付给蓝黎。

说明来意后，警察叔叔立刻表现出极大的工作热情，把蔺月绡带到旁边的一间办公室里，开始做起笔录，洛希亚则被留在了门外。

此时已是上班时间，派出所里异常忙碌，不断有人进进出出。

洛希亚看了一会儿便失去了兴趣，无所事事地刷起了手机微博，她忽然发现自己关注的一个本地大V昨天半夜居然发了关于火灾现场的视频，此刻已经上了微博头条，转发和评论量都非常惊人。

跟电视新闻中由围观群众提供的高糊视频不同，这个视频一看就是用专业工具拍摄的，不仅能清楚地看到火灾现场的画面，甚至连当时从火灾现场中传出的奇怪嘶吼声，也录得一清二楚。甚至像是突出重点似的，配合着叫声，火灾现场那一瞬间出现的异状，火苗的形状变化也被做了重点剪辑，重复播放了三次……

起初那火焰并无任何奇特之处，然而随着那声奇怪的兽吼声传来，现场的火焰便立刻像是有了生命似的，摇曳着，像是从沉睡中苏醒的远古凶兽，在漫天的黑雾中显出了形状……

那巨大的身形，足足有半栋楼高，让人望而生畏。

原本因为晚上的新闻而纷纷开始怀疑是不是自己看错、听错的人，此时也终于发现了问题所在，对火灾现场里有野兽的猜测也越来越多……

想到自己昨晚的亲眼所见，洛希亚也担心起来。

想象和猜测往往是最可怕的发酵剂，议论的人越来越多，很快引起了恐慌。

最后，本地警方的官方微博不得不出面，表示已经加大了调查力度，一定会给大家一个满意的结果，让大家放心，这件事情才稍微有所缓和。

蔺月绡从办公室出来的时候，洛希亚还没看完视频下所有的评论。

“走吧！”直到蔺月绡敲了敲她身后的椅背，她才回过神来。

“怎么样？没什么事情吧？”

“没事，都说清楚了。”蔺月绡率先往外走去，洛希亚连忙跟上前去。

“对了，你昨晚在火灾现场真的没有看到什么奇怪的东西吗？”想到刚才的视频，洛希亚忍不住再次问道。

这次，蔺月绡没有迟疑，当即回答了她的问题：“没有。”

等两个人回到宠物医院时，医院里面已经忙得热火朝天了。

“喵呜……”

“汪汪汪——”

“小蓝，你帮我把这只狗狗带去旁边的诊疗室……”

“嗷呜——”

“老洛，四号笼里的比熊检查过了吗？”

今天被送来的宠物尤其多，各种动物的叫声混杂在一起，再加上时不时传来的交谈声，简直让人有种闯入了清晨菜市场的错觉。

还没弄明白是怎么回事，洛希亚便被抓包了，就连一旁的蔺月绡也被拉过去当帮手。

“黎黎，这是怎么回事？”洛希亚一边递镇静类的药剂给蓝黎，一边问。

“具体的还不清楚，暂时从顾客们的口中听到的情况来看，很有可能是与昨天晚上的那场火灾有关……”蓝黎利落地用注射器汲取着瓶子里的药水，快速回答道。

手术台上，正束缚着一只在不断挣扎的黄金猎犬，它戴了口罩，时不时发出愤怒的呜咽声。平日里异常乖顺聪明的黄金猎犬，此刻的眼神却异常凶猛可怕，口水不断从它的嘴角流下……

洛希亚突然想到了昨天晚上追着自己跑的那条疯狗，除了当时它的眼睛是红的，其他症状好像跟眼前这只黄金猎犬异常相似。

“宠物们的异常怎么会跟火灾有关？确定不是狂犬病之类的病症

吗？”洛希亚奇怪地问。

蓝黎偏头看了她一眼：“已经排除了狂犬病的可能，目前被送来的宠物都是距离昨天火灾现场比较近的，据客人们说当时听到兽吼声后，家里的宠物就有明显焦躁不安的现象。最开始他们也没在意，以为就是被吓到了，但是经过了一个晚上，它们仍旧没有平静下来。他们才担心起来，好像还有几个顾客被自家的宠物给咬伤了……”

“这么严重？”洛希亚担忧起来，尤其是想到刚才在微博上看到的视频，“真的跟兽吼有关吗？那得是怎样厉害的野兽才有这么大的威力啊？”

蓝黎耸了耸肩：“这我就不知道了！递一个止血棉签给我……”

洛希亚连忙执行。

两个人好不容易让手下的黄金猎犬安静下来，这才起身朝外走去。

奇怪的是，进来时还像是菜市场一般喧哗的医院大厅，此刻却突然安静下来。

宠物们又恢复了平日里乖巧的模样，或甩着尾巴蹲在主人的脚下等待着，或懒洋洋地挂在主人的胸口打着哈欠……之前的张牙舞爪好像都是一场幻觉。

主人们脸上原本烦躁的表情，此刻也都变成了惊喜。原本忙得脚不沾地的洛妈妈也从手术室里走出来，正抱着双臂，神色复杂地看着眼前的这一幕。

洛希亚顺着大家惊讶的视线看去，只见蔺月绡正靠近一只被主人关在笼子里的魔王松鼠。

“我能看看它吗？”蔺月绡微笑地对提着笼子的松鼠主人说道。

那个跟洛希亚差不多年纪的女孩儿立刻红了脸颊，慌忙地点头：“当……当然。”

蔺月绡顺势接过了女孩儿手中的笼子，此时，笼子里的魔王松鼠正疯狂地撕咬着笼子边缘的铁丝，发出尖锐的吱吱叫声。

蔺月绡把它放到了前台的桌子上，打开了笼子。

“小……”

洛希亚正想开口提醒，魔王松鼠的主人已经在一旁惊呼起来：“小心，它会咬人的。”

对此，蔺月绡只是笑了笑：“没关系，它不会伤害我的。”说着，他俯下身，伸出手探进笼子里，嘴里不知在轻声念叨着什么。

看到笼门打开，松鼠顿时像闻到了花香的蜜蜂一样，朝蔺月绡这边直冲过来，洛希亚下意识地伸手捂住眼睛。

然而，预料中的惨叫并没有发生。

只见前一秒还显得狂躁不安的松鼠，在凑近蔺月绡的瞬间，突然像恢复了神志似的安静下来，原本奓着毛不停甩动着的尾巴也恢复了平日里的惬意。

它垂着前爪，站立在蔺月绡的手指前，鼻尖微微动着，像是要记住他指尖的味道。

蔺月绡伸出手指，蹭了蹭它的脑袋，轻声说：“乖啊，没事了！”

平日里一向领地意识特别强的魔王松鼠居然眯起了那双圆溜溜的眼睛，露出了几分享受的神情来。

随后，洛希亚亲眼看着被蔺月绡安抚过的所有动物，都神奇地安静下来。

在场的人都惊呆了，洛希亚的老妈眼中绽放出惊喜的光芒。

“太神奇了，你怎么做到的？”洛希亚凑到蔺月绡身后，膜拜地问道。

蔺月绡安抚好医院大厅里的最后一只短耳猫，这才回头看了眼周围。

对于大家惊奇的眼神他似乎并不惊讶，他又看了一眼洛希亚的身后，这才轻笑着对她说：“其实这也算不上神奇，我从小就很受小动物的喜欢，后来学了动物学专业……算是一点点的天赋加上技巧吧！”

“哇啊，好有缘，原来你也是学的动物学专业呀！”洛希亚兴奋地看着蔺月绡。

“嗯。”蔺月绡点头。

洛希亚还想再问，洛妈妈一把推开她，站到蔺月绡面前，笑容和蔼地问：“同学，你是我们家小亚的朋友吗？”

洛希亚刚才带着蔺月绡进门的画面，他们都是目睹的。

“阿姨好……”

“妈——”洛希亚这才注意到自家老妈的存在，连忙解释，“他叫蔺月绡，就是昨天晚上闯入火场的那个男生。他昨天晚上昏倒在了宠物医院的门口，我和黎黎救了他……”担心老妈会责怪自己到处乱跑，洛希亚连忙又追加了一句，“刚才我就是带他去派出所做笔录了。”

因为拉上了蓝黎一起，对蓝黎格外信任的洛妈妈倒是没怀疑什么，她双眼发光地看着蔺月绡：“那……小蔺啊，我看你跟我们家小亚年纪差不多大，你是本地人吗？毕业了没有啊？”

蔺月绡礼貌地回答：“阿姨，我不是本地人，不过已经毕业了，现在也是从事着动物学相关的工作。我这次过来是帮朋友忙的，不过最近他不在家，所以我现在暂时住在酒店。”

“住酒店多不方便，”洛妈妈说着，又朝蔺月绡靠近了几步，一脸越看越满意的神情，“难得大家都是同行，今天你又帮了我们这么大的忙。这样吧，你要是不嫌弃的话，不如在你朋友回来以前，住阿姨家吧？”

洛希亚不敢置信地看着自家老妈，怀疑她是不是最近忙昏了头。

4

经过一番推拒，蔺月绡“勉强”接受了洛希亚老妈的邀请。但在洛希亚看来，蔺月绡的答应一点儿都不勉强。

“妈，您怎么能随便什么人都留到家里住呢？他要是个坏人怎么办？”洛希亚忍不下去了，连忙把老妈拉到一边小声说。

“什么坏人？我看你才是脑子坏掉了！”洛妈妈戳了洛希亚的脑门一下，“人家要是坏人，会跟你一起去派出所录笔录？再说他要真有什么问题，早被警察扣下来了……”

“那也没必要留他在家里住下吧？”她不满地嘟囔。

“你懂什么，刚才他对动物的那一手你没看到吗？给咱们医院省了多少麻烦。如果他能留下来，我跟你爸也就不用这么累了……”洛妈妈就差没揪着洛希亚的耳朵咆哮了。

“可是……”洛希亚还想抗议。

“如果你愿意到宠物医院来帮忙，那我们就不留他了。”

洛妈妈最后这句话成功把洛希亚钉在了原地，她顿时蔫了。

见她不再反对，洛妈妈这才转身，笑着对蔺月绡道：“那月绡啊，你现在就去酒店把房间退了吧，让洛希亚跟你一起去，给你帮帮忙。”

“谢谢阿姨，我看宠物医院也挺忙的，有什么需要帮忙的，您尽管说。”蔺月绡简直像洛妈妈肚子里的蛔虫，对洛妈妈的想法一清二楚。

果然，听到他的话，洛妈妈对他越发满意了：“好的好的，阿姨一定不跟你客气。”

就这样，蔺月绡带着他的黑猫煤球在洛家住了下来。

宠物医院忙的时候蔺月绡会去帮忙，没事的时候他留在家陪洛爷爷。最高兴的大概就是洛爷爷了，只要蔺月绡在家，便会被他拉着切磋医术。

“小蔺啊，你过来看看这猫是怎么回事？从我捡回来开始，它吃喝拉撒都正常，却越来越瘦，也越来越虚弱……”院子里的那些动物，由于长期在外流浪，或多或少有一些毛病，有几只因为问题太严重，哪怕是经验丰富的洛爷爷也无从解决。

“爷爷，其实这只猫就是……”蔺月绡一边检查着那只猫，一边细细地给洛爷爷解释那猫得病的原因。

从蔺月绡住进来后，关于动物的那些疑难杂症很快便被解决干净了。

洛爷爷开心得直呼，有时间一定要带蔺月绡去见自己的那些老朋友，他已经把蔺月绡当作忘年交。而蔺月绡在洛家的地位直线上升的同时，洛希亚的生活却变得水深火热。

平日里勉强还能找到一点儿优点的洛希亚，在蔺月绡的衬托下，显得更一无是处了。

更可恶的是，连洛家的猫猫狗狗都被蔺月绡收买了。

每次蔺月绡出入，它们都会蜂拥而至，而煤球也很快和洛家的动物们打成了一片，就连原本在家里对谁也爱答不理的酸奶，竟然也被蔺月绡俘虏了。

唯一的例外，大概就是一只名叫核桃的小狼狗了。

因为先天不良，核桃一直比其他的狗瘦弱，它的眼睛部位有一块核桃大小的斑纹。它被捡回来的那天，洛希亚正好在砸核桃，她拿手上的核桃比了比，确定与核桃脸上的斑纹大小一致后，便以此给它命名了。

洛爷爷和洛希亚在它身上投入的精力较多，养成了核桃比较黏人和多动的性格，几乎可以列入“狗来疯”的范畴。

但从蔺月绡住下来的第一天，洛希亚发现核桃似乎很害怕他。

“哎，蔺月绡，你有没有发现，每次只要你一出现，核桃好像就特别害怕的样子……”

这天傍晚，蔺月绡正在给院子里的猫猫狗狗喂食，洛希亚眼看着在他出现的第一时间就夹着尾巴躲到院子最角落的核桃，又看了看欢呼雀跃地簇拥着蔺月绡的其他动物，这热闹和落寞的对比实在太大了，她终于忍不住对蔺月绡说道。

蔺月绡头也不抬地轻哼一声，冷声道：“大概是因为长得太丑了，自卑吧。”

洛希亚忍不住翻了个白眼：“呵呵，你这笑话也太冷了吧？”

“你觉得是冷笑话就是吧。”蔺月绡耸了耸肩。

对于蔺月绡的态度，洛希亚简直都要怀疑他是不是被什么奇怪的东西附身了，要知道，在对待动物时，他一直都是特别温柔、特别有爱心的。

“喂，你是不是对核桃有什么成见啊？还有，我家核桃虽然有点儿瘦弱，但是特别呆萌，哪里丑了？”洛希亚努力为自家的小可爱正名。

“呵呵。”

“再说了，作为一个学动物学的人，你这样的外貌歧视是不对的……”

蔺月绡径自跟凑过来的猫猫狗狗们日常沟通感情，对洛希亚的抱怨毫不理会。

洛希亚又回头看去，只见角落里的核桃眼巴巴地看着他们的方向，一副想要过来又害怕的模样。

她叹了口气走过去，将可怜的小家伙搂进怀里，轻声抚摸着它说道：“别伤心，他嫌弃你没关系，姐姐不会嫌弃你的！我们家核桃最可爱了……”

不知道是不是听懂了她的话，原本还有些畏缩的小狼狗立刻朝她撒欢似的叫了起来，差点儿一脑袋把洛希亚顶了个屁股蹲。

洛希亚突然觉得，自己刚才对它的同情好像完全是多余的，看样子，它并没有受挫嘛。

不远处，蔺月绡看到这一幕，轻嗤了一声。

5

这天晚饭后，洛希亚窝在沙发上看电视，洛爷爷出门散步了，蔺月绡也早早回了自己的房间。

洛妈妈下班从路口买了樱桃回来，让洛希亚上楼送一些给蔺月绡。洛希亚端着洗好的樱桃上楼，却发现对方并没有在房间，连煤球也不在。

“大热天的，不在房间里待着，又跑天台去干吗？”洛希亚叼着一颗樱桃摇了摇头，她“噌噌噌”地继续上楼，果然在天台找到了他们。

此刻天色已深，白日里的暑气散去，晚风拂过树梢，送来丝丝凉爽和阵阵蝉鸣。黑色的天幕下，亮着霓虹的城市好像由一盏盏萤火组成，一盏熄灭，一盏又亮起……

蔺月绡正躺在天台中央的一处平台上，他只穿了一件宽松的背心，搭配白色休闲短裤。月光照射下，他裸露在外的皮肤就仿佛在发光似的，透出一种莹润的光泽来。

洛希亚忍不住再次在心中感叹，一个男生的皮肤怎么可以这么好！

在他不远处，煤球蹲在天台的栏杆上，只在洛希亚靠近时瞥了她一眼，随即继续看向月亮升起的地方，那双荧绿色的眼眸在月光下泛出耀眼的光芒，如同一个虔诚的信徒。

“我就知道你们又在这里！”洛希亚放下手中的果盘，在蔺月绡的身边坐了下来。

蔺月绡这才睁开了双眼，脸上带着几分放松后的慵懒，那双灰蓝色的眼眸在月光下，像是洗去了蒙尘的宝石，显得格外剔透。

他看着洛希亚，好一会儿才懒洋洋地坐起来，单手撑在膝盖上：“你怎么上来了？”

洛希亚注意到他的右肩下方锁骨的位置有一块小小的文身，此刻在月光的照射下隐隐发出微光。

洛希亚刚想问文身为什么会发光，但转念一想，现在夜光文身好像也不是什么新奇的事物了，便住了口。她捧起一旁的果盘，献宝似的说：

“喏，给你送吃的上来，我妈刚买回来的。”

蔺月绡微微一笑：“谢谢。”

说话间，他拈了一颗樱桃，送进了唇间。甘甜的汁水在口腔内漫延开来，他满足地眯起了双眼，像是一只餍足的猫儿：“嗯，好吃……”

蔺月绡住进来不久，洛希亚便充分了解了他对食物的偏好，倒不是她对他多关注，只是他的喜好太明显了。

他喜欢的食物基本都是各类蔬菜水果，洛希亚觉得他像是一个彻头彻尾的素食主义者，反正，到目前为止，洛希亚没在饭桌上看他夹过一筷子肉。

而洛妈妈也很快发现了他的喜好，从此洛家饭桌上的菜色便越来越素，夸张到有时候桌上连一个荤菜都没有。这对无肉不欢的洛希亚来说，简直是一场灾难。

为此，她已经向洛爸爸洛妈妈抗议过好几回，得到的回复却是“人家小蔺是客人，主随客便，知道吗”，要不然就是“那你自己做”。

洛希亚都开始怀疑自己是不是父母亲生的了。

“真好。”此刻，蔺月绡满足叹息的模样简直让人恨不能把全世界的美味珍馐都捧到他的眼前，洛希亚也顾不上心中的那点儿小怨念了。

她突然觉得有点儿心跳加速。

她轻咳一声，连忙移开了视线，看向前方：“我看你们每天晚上都来天台，这是在干什么呀？”

“晒月亮。”蔺月绡吐出嘴里的樱桃核，邀请道，“你要跟我们一起吗？”

“我只听说过晒太阳的，这月亮要怎么晒呀？”洛希亚奇怪地问。

“很简单的，你只要躺下来，静静等待着月之光华降落到你的身上就好了，月亮的光华会带走你身体里在白天积累下来的所有负面情绪……”从洛希亚这个角度看，蔺月绡锁骨处的文身越发明显了，仿佛是在发光。那似乎是某种古老的文字，又像某种繁复的图腾，如同藤蔓一般缠绕在一起，说不出的精致。

洛希亚半信半疑地躺到蔺月绡的身边，学着他的样子，虔诚地看向月亮的方向。

月亮高高地悬挂在天空中，没有被云层遮挡的月亮虽然不是很圆，却很明亮，洛希亚甚至能看清楚月球表面的暗影。

这一刻，周围都是黑暗，只除了眼前的明月，白日里的纷杂好像也随之而去了，气氛变得安宁而静谧。

“那我现在这样就可以了吗？不过……我怎么知道你说的月之光华有没有落到我的身上呢？”洛希亚忍不住问出心中的疑惑。

蔺月绡叹了口气，睁开眼睛，无奈地扭头看向她：“那你想象一下，想象着月光变成了有实质的物体，像冬日里的雪花，或者三月的樱花，缓缓地飘落下来，落在你的肩头……”

那灰蓝色的双眸在这样的月夜下显得越发幽暗深邃，蔺月绡的声音像是带上了某种魔力，让人忍不住沉溺其中。

洛希亚突然觉得耳朵痒痒的，她揉了揉自己的耳垂，不自在地避开了蔺月绡的视线，再次看向天空：“我……我试试吧！”

两个人再度缄默下来，耳边只剩下夜蝉的鸣唱、虫子的叫声、远远传来的汽车鸣笛声……

如果月光真的变成了可触碰的，它会是什么样的呢？

真的会像雪花那样片片飘落吗？月光也会像樱花那样带着某种独特的香气吗？

一开始，洛希亚的脑子里纷乱一片，但是渐渐地，随着精神的集中，她仿佛真的看到了有淡淡的光华从月亮的方向朝自己飘落，她的心情也因此而变得舒缓放松。

不知不觉间，她睡了过去，直到蔺月绡起身时，不小心碰到她的手臂，她才一个激灵醒了过来。

“什么时候了？”洛希亚懒洋洋地问。

“快十二点了。”蔺月绡轻声回答。

“差点儿睡着了。”她伸了伸懒腰，感觉精神说不出的饱满。

“怎么样？觉得有用吗？”蔺月绡期待地看着她。

“好像……有点儿作用。”洛希亚点点头，她感觉比平日里睡满八个小时还满足，就是不知道待会儿会不会失眠。

“也差不多到睡觉时间了，咱们下去吧。”蔺月绡呼唤了一声煤球，原本像是入定般的黑猫立刻从栏杆上一跃而下，跳进了他的怀里。

两人一猫起身下楼，楼道里静悄悄的，甚至能听到彼此的呼吸声。

洛爷爷早就睡下，洛爸爸洛妈妈又去宠物医院值夜班了。

狭窄的楼道中二人并肩而行，只有彼此的脚步声在楼道里回响，洛希亚突然觉得有点儿不好意思，原本平缓的心跳声也渐渐有了加速的趋势。

楼梯下方紧挨着的就是蔺月绡的房间，直到对方推开房门，洛希亚这才舒了口气：“那……晚安！”

“晚……”蔺月绡说到一半，神色猛地变得冷厉起来，他以一种洛希亚从来没有听到过的冷酷语调问道，“谁？”

随即，房间里传来了碰撞的声音。

洛希亚还没来得及反应，蔺月绡已经迅速按开了房间里的灯光。

“煤球！”

与此同时，原本缩在他的怀中，像是一个黑色毛球的煤球立刻如同一道闪电，从他的怀中猛蹿出去。

灯光大亮的瞬间，只见一个黑影从洞开的窗口翻身而出，小小只的煤球立刻追了出去。

不知道是不是她的错觉，她总觉得此刻的煤球看上去格外凶猛。

“这里是二楼呀！”过了好几秒，洛希亚才反应过来，连忙朝窗户扑过去。

只见黑影已然消失不见，追在黑影身后的煤球稳稳地落在地面上，迅疾地朝前跑去。

“它……它……它这样从二楼跳下去没事吗？”洛希亚惊讶得说话都打结巴了。

蔺月绡走到窗前：“猫的速度快，而且……窗前不是有树吗？它应该是顺着树枝下去的吧？想必那个小偷也是从树上爬上来的……”

“可是煤球速度怎么会这么快？”洛希亚心有余悸。

“猫爆发的速度一直都很快啊！”

洛希亚这才勉强点了点头，但是她立马又想到一个新的问题，连忙抓住蔺月绡的手臂：“快看看，有没有丢什么东西？”

闻言，蔺月绡在房间里四处查看起来，然而房间里什么东西也没丢。

“应该是我们回来得及时，他还没来得及下手吧！”见没丢什么东西，洛希亚松了口气，乐观地说。

“嗯，但愿是这样吧。”蔺月绡点了点头，眉头却仍旧紧锁着。

“不过，任由煤球出去追小偷，你一点儿都不会担心吗……”恢复过来后，洛希亚便又忍不住看向蔺月绡担忧道。

“别担心，猫是最敏捷的动物，如果不是熟悉的人，一般人抓不到它们的。”蔺月绡说着，突然想起了什么，脸色变得难看起来。

洛希亚心中咯噔一声，刚刚放下的心又悬了起来：“怎……怎么了？”

“你有没有发现……”蔺月绡蹙着眉头，眼神变得复杂起来。

“什么？”

“刚才那个人进来和出去，院子里那么多的猫猫狗狗却一点儿反应也没有，这不对劲！”蔺月绡说完，两个人对视一眼，立刻朝楼下冲去。

等到他们跑到院子里，看到院子里的猫猫狗狗倒了一地时，洛希亚的心凉了半截。

“怎么会这样？”她颤抖着捂住了嘴，不知道如何是好。

是谁这么丧心病狂？连小动物都不放过，要是爷爷知道了，一定会非常伤心的！

洛希亚正胡思乱想着，思索着应该如何告诉洛爷爷这个噩耗，耳边却传来蔺月绡沉稳的声音：“它们没事。”

洛希亚抬头，看见原本躺在地上的动物们突然像是恢复了知觉似的，歪七扭八地动了起来，它们呜咽着，还没站起来便朝他们欢快地摇着尾巴。

“还好还好……”洛希亚松了口气，这才意识到自己全身都在颤抖。

“瞧给你吓的。”蔺月绡轻笑着，伸手轻拍她的后背。

待到感觉洛希亚的身体不再颤抖，他这才走到了动物群中蹲下，挨个摸了摸它们，像是对待最亲密的伙伴，喃喃自语了起来。

洛希亚看着他温柔的模样，原本到了嘴边的埋怨也被咽了回去。

此刻，被蔺月绡摸到的一只身上带着斑点的三花狗狗偏着脑袋，黑葡萄般的眼睛依恋地看着他，时不时主动蹭蹭他的手掌，一脸的乖巧。

“刚才那种情况……它们是被下了药吗？”回到楼上时，洛希亚奇怪地问。

“也许是吧。”蔺月绡心不在焉地回答。但他的心里非常清楚：这个世界上还有一种人，哪怕什么药也不用，都可以控制动物。如果真的是他们，对方今天来的目的恐怕就没那么简单了！

“你觉得我们需要报警吗？”洛希亚似乎也察觉到事情的古怪，而且她发现，自从发现院子里的动物被弄昏迷开始，蔺月绡脸上的表情就变得怪怪的。

蔺月绡站在房间门口，背对着房间内的灯光，脸上的表情看不太真切。

“你怎么了？”

“没什么，我只是在想，我们又没有丢东西，就算报警，也没有什么结果的。”

“那倒也是。”洛希亚无奈地耸耸肩。

“这段时间稍微注意点儿吧。”蔺月绡叹息。

两个人互道晚安后，回到了各自的房间。洛希亚原本晒过月光后的好心情，如今已经被破坏殆尽了。

第三章

半是天使，半是恶魔

1

“啾啾——”

又是一个被窗外的鸟儿唤醒的早上，洛希亚摸出手机看了看时间，还不到八点。她又在床上磨蹭了一会儿，等到确定过了宠物医院的上班时间，这才起床梳洗打扮好，挂着她的宝贝相机慢悠悠地下了楼。

“早，小亚，你总算起来了。”耳边突然传来蔺月绡的声音，她僵硬地回头，只见他已经吃完了早餐，惬意地坐在餐桌前看着她。

煤球蹲在餐桌上，正悠闲地舔着碗里的牛奶，听到蔺月绡出声，它抬头看了洛希亚一眼，随即又垂下脑袋，继续享用它的早餐。

煤球四只雪白的“小手套”在黑胡桃木的映衬下，显得越发可爱，毛茸茸的，让人忍不住想冲上去捏一捏它，看看它的肉垫是不是粉嘟嘟的颜色。

但是蔺月绡的存在生生遏制住了洛希亚的冲动，他今天穿着一件白色的短袖T恤，搭配一件水洗白的宽松牛仔裤，晨光停留在距离他几步远的地方，他那张精致得不似真人的脸上带着微微的笑意。

“早……”洛希亚揪紧了相机两边的带子，好心情瞬间被破坏。

自从那天的“小偷”出现以后，蔺月绡每天早上出门前都要邀请她一起去宠物医院上班，这两天甚至还有了升级的趋势。洛希亚也不知道他是为了她的安全考虑，还是因为那天晚上一起“晒”了月亮，所以他觉得他们的关系已经亲密到他可以无视她的拒绝了。

洛希亚拒绝了两次都毫无效果，为了眼不见心不烦，这几天她干脆等到过了蔺月绡的上班时间再下楼，前几次都成功了，她以为蔺月绡这下可以死心了，结果没想到……今天都过了宠物医院的上班时间，而他居然还在。

蔺月绡开门见山地说：“你在家已经休息了好几天，反正你也没什么事情，今天要不要去宠物医院，给我当助手？”

“不要，我为什么要去给你当助手？”洛希亚想也不想地拒绝。

“你如果不愿意给我当助手也没关系，可以去帮阿姨配药或者帮蓝黎都可以。”蔺月绡从餐桌旁站起来。

“我说了，我不想去！好好的一个暑假，不能让我做一点儿我喜欢的事情吗？”洛希亚把胸口的相机朝蔺月绡举了举，不满地质问。

她都已经拒绝了这么多次，他怎么就不知道知难而退呢？

“我只是觉得，既然你学的是这个专业，家里有这么好的资源，难道不应该好好利用吗？我听阿姨说……”

“我听阿姨说，我听阿姨说，你什么时候能听我怎么说啊？”

一听到“阿姨说”三个字，洛希亚火冒三丈，她都能想象得出她老妈是怎么见人就编排她的——“不务正业”“不像蓝黎那孩子，又懂事又有能力”“整天只知道玩”……

她越想越生气，最后终于忍不住朝蔺月绡怒吼道：“我说了，我不想去宠物医院工作！”

煤球被洛希亚歇斯底里的声音吓得跳了起来，全身的毛奓起，见她似乎在冲着自己的主人发火，它立刻护主地弓起后背，朝洛希亚示威地咆哮起来：“喵呜——”

洛希亚怒气冲冲地说完，就在蔺月绡错愕的目光中，头也不回地往外跑去。

“我说，你到底有没有安全意识啊？随便带陌生人回家！”

傍晚，甜品店里，一身白色复古衬衫搭配着灰色麻布背带短裤，穿得像个小王子似的萧饶，听完洛希亚与蔺月绡的事情后，便开始对洛希亚大发雷霆。

窗外夕阳似火，远处的火烧云周围包裹着一层似流金般的光泽，商场外的广场上，每个路过的人脸上都蔫蔫的，好像身体里的灵魂也随着汗水一起被蒸发了。

因为苏铎朵白天要上班，洛希亚只好把时间定到这个时候。

不过，趁着一个人溜达的时间，她已经把附近新开的网红店都逛遍了，照片也拍了不少。

想到这里，洛希亚一边低头满足地拍了拍胸前的宝贝相机，一边小声嘟囔着：“那我也不能见死不救啊……”

“你还觉得自己有理了是吧？”她不知悔改的态度严重刺激了萧饶，对方越发不满起来，坐正了身体，大有一副要跟她掰扯清楚的架势。

“我没有。”洛希亚连忙举手投降。

洛希亚现在唯一庆幸的就是，她拉上了苏铎朵一起。

“好了好了，小亚这不是没事吗？再说了，要是人人都见死不救，那就不是咱们认识的小亚了，不是吗？”苏铎朵轻声安抚着萧饶，他的脸色这才稍微好了点儿。

苏铎朵今天穿了一件很有设计感的白色复古衬衫，搭配着红色的复古包臀短裙，乍一看好像跟萧饶穿了情侣装似的，加之两个人的外貌都非常出色，几乎每个进店的人都要瞄他们一眼。就连洛希亚，也在看到两个人出现后，抓起相机不由分说地朝他们“咔嚓咔嚓”拍了一通。

“那……那也不能随便收留陌生人啊，他要是图谋不轨呢？”萧小少爷缓了缓，到底还是不满意。

“蔺月绡虽然有点儿啰嗦，但是人不坏，他很厉害的。”洛希亚下意识地为蔺月绡辩解道。

越是听洛希亚替蔺月绡辩解，萧饶的心里便越是不舒服，他酸溜溜地道：“你才认识他多久，就能确定他不是坏人了？”

“其实我也不愿意让他住在家里的，是我妈非得留下他。不过，后来我跟他去酒店退房拿行李时，无意间瞄到了他的身份证和一些动物学相关的证书，他应该没有撒谎。”说到那些证书，洛希亚忍不住一阵羡慕，“人比人，气死人啊。你们知道吗？他今年竟然才 20 岁，跟我们差不多的年纪。我们还在学校里混吃混喝，浑浑噩噩呢，人家却已经拿下了这么多证书，出来工作了。他是个天才吧？”

“必须是！”苏铎朵闻言轻笑，“听你这么说，我都有点儿想见见他，看看到底是一个怎样出色的人，才能让……饶哥产生这么大的敌意。”

“什么敌意，我这是就事论事而已。”萧饶努力压制住自己想要爆发的情绪，他轻哼了一声，“哼，即使是这样……”

眼见萧饶仍旧不依不饶，洛希亚只能求助地看向一旁的苏铎朵。

“哎呀，饶哥你就别这样、那样的了。”苏铎朵停下回复工作信息，帮洛希亚劝萧饶，“有了蔺先生的帮忙，现在叔叔阿姨工作也没这么忙了，他还能顺便和洛爷爷聊聊天，也算是减轻了小亚的负担，这样不是挺好的吗？你别瞎操心了。”

洛希亚也连忙接话，她特别诚恳地看着萧饶：“我知道你是担心我，但我真的没事，我爸妈和爷爷都在家呢，不会有事的……”

“那好吧，反正……反正他有什么不对劲的话，你记得一定要第一时间通知我。”萧饶这才不情不愿地妥协道。虽然他很想让洛希亚赶紧把蔺月绡赶出去，但是……帮洛希亚父母、洛爷爷减轻负担的事情，他也确实做不到。每当这个时候，他都会特别后悔自己当初不好好读书，而且粗心大意地选错了专业。

“嗯嗯。”洛希亚感动地点了点头，诚心诚意地对身边的两位好朋友说道，“对不起，又让你们担心了，今天的饭我请你们吧！”

“这还差不多！”萧饶傲娇地轻哼。

三个人一起去了旁边的餐厅，洛希亚和苏铎朵又是一番讨好，才安抚好了萧饶。

吃过晚饭，萧饶想约她们一起去看电影，正准备订票，苏铎朵的手机突然响了。

还是工作上的电话，似乎是在催什么服装的问题，挂断电话以后，苏铎朵立刻站起身来，抱歉地看着座位上的两个朋友：“抱歉，我工作上还有点儿事情，马上要回一趟工作室，电影我看不了了，要不……你们去吧。”

“那……”

“那我们下次再一起看吧，你不去的话，我们俩去看也没什么意思！”洛希亚连忙打断萧饶的话，同时发挥她红娘的身份，竭尽所能地给两个人制造相处的机会：“这个时间估计也不好打车，饶哥你送朵朵回去吧。”

说完以后，洛希亚趁萧饶不注意时，朝苏铎朵俏皮地眨了眨眼睛。

苏铎朵回以羞涩的微笑，却仍旧有点儿担心：“可是你怎么办呢？”

“对啊，你最近这惹事的体质，我还真担心你一个人回去又会发生什么事情呢！”萧饶也跟着附和。

“呸呸呸，你可别乌鸦嘴！”大概是最近这段时间以来，意外真的多了点儿，洛希亚心中也忍不住有点儿发怵，连忙开口反驳。

“要不还是我送你吧，咱们一起走，我先送小朵去工作室，待会儿再掉头送你回家，怎么样？”萧饶提议道。

“不好，我还想再到处逛逛呢！”洛希亚连忙拒绝。

开玩笑，她可是好不容易才给他们制造出单独相处的机会，她怎么可能又去当电灯泡？

说话间，洛希亚突然瞟到餐厅的透明玻璃墙外走过一个熟悉的身影，吃惊地站了起来：“哎哎，是蔺月绡，我看到他了！那家伙怎么来这里了？”此刻的洛希亚已经完全忘记了自己早上才冲人发过脾气的事情。

闻言，苏铎朵立刻两眼放光：“在哪里？在哪里？”

蔺月绡已经走出去一段距离了，洛希亚连忙指了指那个黑色的身影：“哎，他怎么走得那么快？你们两个先回去吧，我去找蔺月绡，待会儿跟他一起回去好了！放心吧！”说完，她迅速收拾好自己的东西，径直朝外跑去。

“他看上去好酷啊！”苏铎朵贴在玻璃上感慨着。

“哼……”萧饶刚刚转晴的脸，又开始乌云密布了。

2

“喂——”从餐厅跑出来后，洛希亚立刻朝蔺月绡身影消失的方向追去。

腿长的优势在这个时候格外明显，洛希亚追出去的时候，蔺月绡已经走出老远了。

“蔺月绡，等等我！”洛希亚叫着，快速往前跑去。

蔺月绡却像什么也没听到似的，继续保持着原本的速度往前走着。

洛希亚只能再次加快了脚步，终于在对方下电梯前，一把拉住了对方的手臂：“呼……呼……累死了，我刚才叫你，你都没听到吗？”

蔺月绡没有回答。

洛希亚又喘了几口气，这才抬头看向蔺月绡。

这一看，她忍不住心中“咯噔”一声……

蔺月绡低头看向她的眼神非常冷淡，那双漂亮的灰蓝色眼眸中像是随时都会有冰箭随着他的视线射出似的。

“放手！”

洛希亚“啪”的一声放下了蔺月绡的手臂，而蔺月绡立刻抬步往前走。

此刻的蔺月绡看上去好像跟平常不太一样，虽然平日里他忙起来也不太搭理人，但从不会像今天这般冷漠。

难道他还在为早上的事情生气？

洛希亚忍不住心中有点儿发怵。

“好啦，早上的事情是我不对，你不要再生我的气了，好不好？”洛希亚跟在蔺月绡的身后探头探脑，讨好地转移话题道，“你怎么跑来这边了？跟人有约吗？煤球呢？”

蔺月绡却仍旧目不斜视地继续往前走着，仿佛当她不存在似的。

追着走了一会儿，得不到回应的洛希亚终于生气了，她上前几步，伸开双手挡到蔺月绡的面前，怒目而视道：“蔺月绡，你到底是什么意思？就算早上的事情是我的不对，可我都道歉了，你还想怎么样呀？”

面前的男生最初只是冷冷地看着她，随后，不知道她的哪句话触动了他，他突然笑了。

“你还笑？你刚才是不是故意捉弄我的？”洛希亚气得两腮鼓鼓，像一条河豚。

“抱歉……”蔺月绡伸手挡住自己的脸，垂下了头，过了一会儿，他解释道，“刚才遇到点儿不开心的事情，我不是故意要冲着你发脾气的……”

“哼！”洛希亚轻哼一声，转开了头。

别以为这样，她就会原谅他！

“这样，我请你吃东西赔罪好不好？”蔺月绡精致的脸凑到洛希亚的面前。

“我刚刚吃过晚饭。”洛希亚再次移开视线，拒绝。

“那……带你去一个好地方？”蔺月绡的脑袋再次凑到她的面前，像是担心她再次拒绝，还朝她暧昧地眨了眨眼睛。

“喀喀，你别这样，我跟你说使美男计是没用的……”洛希亚被逗笑了。

“那你说，你想要怎么样？”蔺月绡微微低头，跟她视线相对。

不想让对方觉得自己这么快就原谅了他，洛希亚连忙收敛了脸上的表情，傲娇地看向对方。但是很快，她便在蔺月绡定定的注视下败下阵来，连忙移开了视线道：“你刚才说……想带我去哪儿来着？”

“到了你就知道了。”蔺月绡狡黠地说，脸上带着一点儿坏笑，拉起她的手往商场外跑去。

周围的人都朝他们看过来，洛希亚突然觉得有点儿不好意思，她甩了甩手试图挣脱他，蔺月绡却越发握紧她的手。

洛希亚便只好作罢，还好出了商场以后，对方便放开了她。

两个人去了商场附近的一条老街，虽然说是老街，但同时也是本地

的一个景点，故而两边建筑中的店面繁多而精巧。因为萧饶和苏铎朵都不喜欢人太多的地方，洛希亚平日里便很少来这边，她不明白蔺月绡带自己来这里的用意：“你带我来这里干吗呀？”

蔺月绡没说话，带着她绕进了老街两旁的巷子里，人流立刻变少了。

这一片的建筑都是古建筑，青瓦白墙，石板小路，砖红雕花门窗……洛希亚很快被绕晕了，两个人就这样弯弯绕绕地在巷子里穿梭，她也不知道自己到了哪里。

直到蔺月绡停下脚步，洛希亚发现两个人停在一所宅院的大门口，白色的墙上被喷绘上各种卡通动漫及经典角色，除了雕花门窗，其他的所有地方都被喷满了……宅子里传出隐隐激烈的音乐声。

“这里是？”洛希亚迫不及待地举起手中的相机拍摄起来。

蔺月绡笑着说道：“游戏厅，让你发泄不开心的地方。”

等到洛希亚的全方位拍摄完成，蔺月绡这才带着她进了里面，把人往一台游戏机前轻轻一推，霸气道：“请你玩！今天的花销算我的，直到你满意为止，行不行？”

洛希亚有点儿哭笑不得，倒也没有拒绝他的提议，只是看着蔺月绡从胸前的腰包里掏出一把游戏币塞进机器里，问道：“你怎么找到这个地方的？”

“这有什么奇怪的，我想要知道什么还不容易吗？”蔺月绡轻轻吹了吹自己额前的碎发，在她身旁的机器边坐下，“咱们对战一把？”

洛希亚笑：“其实是你自己想要玩游戏吧，还说什么带我来发泄。”

蔺月绡耸耸肩：“你要这么说我也没有办法。”

两个人玩了好一会儿，边玩边胡侃着，洛希亚觉得今天的蔺月绡和之前完全不同。

趁游戏结束的空当，她看着身旁的蔺月绡说道：“我突然觉得你今天跟平常很不一样……”

蔺月绡顿了顿，才似笑非笑地问：“哦？你觉得我今天跟平常有什么不一样？”

洛希亚想了想，认真地回答：“平常的你太能干了，很容易让人忘记我和你是同龄人这个事实，有时候会让人觉得有点儿距离啦。至于今天嘛……今天的你感觉特别像萧饶。”

“萧饶？”蔺月绡蹙眉。

“我没跟你说过吗？从小跟我一起长大的朋友，今天来找你之前，我和他刚吃过晚饭。他也是那种很会玩的人……”洛希亚解释道。

蔺月绡对萧饶没什么兴趣，他把手中最后一把游戏币塞进游戏机里，径自问道：“那……你更喜欢现在的我，还是那个能干的我？”

“啊？”

什么叫作“更喜欢现在的我，还是能干的我”？她有说自己喜欢他吗？臭美！洛希亚在心中吐槽。

因为心不在焉，洛希亚很快输掉了这盘比赛，她把操作杆一放：“时间太晚了，我们回去吧。”

“好吧。”蔺月绡没多说什么，正好刚才兑换的游戏币已经全部用完了，两个人一起朝外走去。

此时夜已深，青石板的道路在月光和两旁路灯的照射下反射出清冷的光芒，周围静悄悄的。

蔺月绡突然快步走到她身前，转了个身，倒退着走着。带着几分的恶作剧情绪，他朝她挑了挑眉：“刚才的问题你还没回答我呢，你到底喜欢哪个我？”

3

这人怎么还没忘记这事呢？

洛希亚在心中翻了个白眼，无奈地道："哪个你不都是你吗？"

"当然不一样啊，知道你更喜欢什么样的，咱们以后才能更好相处，不是吗？"蔺月绡煞有介事地说。

洛希亚差点儿就信了。

不过，看着蔺月绡眼中一闪而过的情绪，她轻声安慰："我觉得你是一个很好的人啊。你医术很棒，比我们同龄人要高出不少，对待动物也很拿手，看得出来它们很喜欢你。我爸妈也都很喜欢你，也谢谢你没事时能经常陪着我爷爷……虽然我老是被我爸妈拿来跟你比较，让人挺烦的，但我还是很感激你这段时间以来为我们家做的事。"

"狡猾！"蔺月绡轻笑着叹息一声，"我在你的心中有这么好？"

"嗯，算……算是吧。"洛希亚点头，虽然蔺月绡的优秀也让她的生活有点儿小压力，不过总体来说还是好的。

"这么肯定？万一我是个坏人呢？"洛希亚肯定的回答让蔺月绡脸上的神情变得有些复杂，那双灰蓝色的眼眸中闪过了某种情绪，他露出一个诡异的微笑。

虽然凭借这段时间的相处，她觉得蔺月绡不会是坏人，但是在此刻诡异的氛围下，又想到先前萧饶对他的怀疑，她还是忍不住打了个寒战，强自镇定地问道："那……你是坏人吗？"

在洛希亚忐忑的眼神中，蔺月绡凑近她，一字一顿地说道："当然……不是。"说完后，他笑了起来。

洛希亚反应过来，她一边尖叫，一边朝他追去："要死了呀，蔺月绡，我刚才真的快被你吓死了。"

"哈哈哈哈，胆小鬼！"蔺月绡大笑着朝前跑去。

两个人笑闹着到了地铁站，蔺月绡一边走上手扶电梯，一边侧过头："好了好了，我认错我认错！"

洛希亚轻哼一声："看在人多的分上，我不跟你计较了。"

"那缺点呢？你觉得我有什么缺点？"蔺月绡紧跟着追问。

他所站的位置比洛希亚站的位置低一个台阶，洛希亚刚好可以平视他，过近的距离让洛希亚几乎可以看清楚他精致脸庞上的每一个毛孔。

洛希亚下意识地避开了他的视线，心不在焉地回答："缺点嘛……一时间好像也想不到什么。"

蔺月绡的神情又变得复杂起来，他看起来并不是很开心，怪声怪气地戏谑道："哦，原来在你的心中，我这么完美？"

"自己说自己完美，你都不会不好意思的吗？"洛希亚恼羞地说。

"为什么要不好意思？我说的是事实啊。"蔺月绡挺胸，不过大约是洛希亚脸上的鄙视太过明显，他终于收敛了得意的表情，笑着问，"那你说说，我有什么缺点？"

"你缺点可多了，比如说你现在既臭美且自大！"洛希亚气鼓鼓地说。

"那你喜欢平常那个有点儿距离却优秀的我，还是现在这样臭美又自大的我，嗯？"蔺月绡再一次凑近她，用一种近乎诱惑的语调在她耳边轻声呢喃。

他……他还没完没了了是吧？

洛希亚顿时僵住了，耳边似乎还残留着蔺月绡的呼吸，她觉得自己的脑袋已经成了一锅糨糊，快要无法正常思考，她连忙转移话题道："你……你有兄弟姐妹吗？"

"为什么这么问？"蔺月绡突然变了脸色，此时电梯已经到达，洛希亚低头看向脚下，没有注意到他眼中一闪而过的恨意。

"没有啊，我只是好奇而已，感觉你性格变化真大，不知道如果你有兄弟或者姐妹的话，对方会是什么性格？"洛希亚跟在他的身旁催促道，"有还是没有啊？"

"算有吧……有个弟弟。"蔺月绡面无表情地说。

然而洛希亚并没有注意到蔺月绡的表情变化，过安检，进地铁入口……各种琐事分散了她的注意力，她边往前走，边好奇地问："那你弟弟是什么性格呀，跟你一样好玩吗？"

"他叫蔺月魇，你知道魇是什么意思吗？"

"什么意思？"

"据说人死后恨意不散，就会成为魔……民间有九魔一魇的说法，意思是这个世界上生出九个魔，才会生出一只魇……"

洛希亚奇怪地看了他一眼："现在不是在说你的弟弟吗？难道你想说你弟弟的个性比恶魔还可怕？"

"噗……"蔺月绡被她逗笑了，"我不是这个意思，你应该知道有些偏远的地区会有奇怪的传说吧！"

"什么传说？"

"我出生的地方有一个这样的传说，双生子出生会给整个族群带来灾难，如果有双生子出生，小的那个孩子就会被抱走扔掉……"

虽然蔺月绡一副事不关己的语气，但走在他身旁的洛希亚突然有些脊背发凉："你到底想说什么？"

"啊，我就是想告诉你，我弟弟跟我是双生子，然后他……"蔺月绡一脸无辜。

"你不要再说了！"洛希亚捂住耳朵大喊了起来。

"哎，你听我说完呀！"蔺月绡拉下她捂住耳朵的手，"我刚才是想说……"

洛希亚连连摇头："我不听我不听……"

"不是，你听我说完呀……"

"我不听我不听……"

蔺月绡抓着她的手，再次哈哈大笑起来。

意识到自己被耍了，洛希亚顿时怒气冲冲地瞪眼："你又骗我？"

"哈哈哈，你怎么这么好骗？"蔺月绡大笑着冲进了刚进站的地铁。

洛希亚追了进去，对他一通猛捶。

两个人打闹了一阵，洛希亚心中忍不住好奇，再次提起先前的话题："你弟弟真叫蔺月魇啊！"

"嗯。"

"他名字的由来真是你说的那样吗？"洛希亚小心翼翼地问。

"我胡说的。"蔺月绡勾了勾唇，眼睛里却没有笑意。

"那他现在……"

"他很早就没了，出生没多久就死掉了！"蔺月绡打断她的话。

"对不起！"洛希亚连忙道歉，不敢再看蔺月绡。

"没事，我那个时候还什么都不记得呢。"蔺月绡笑着撇了撇嘴。

两个人出了地铁站后，蔺月绡突然对洛希亚说："你先一步回去吧，我要去超市买点儿东西。"

"哦。"听到他的话，情绪高度紧张的洛希亚松懈下来，她松了口气，挥挥手便先行回家了。

回到家以后，一直到洗漱完，洛希亚的脑海中仍旧不断闪过蔺月绡的脸，一会儿是像个顽皮大男孩，嬉笑怒骂，没个正经的他；一会儿又是穿着白大褂，无论做什么都令人信服，让人充满安全感的他……

一个人怎么会有如此不一样的两面呢?

洛希亚躺在床上胡思乱想着，蔺月绡不知道去超市买什么，过了好久才回来，她能听到他在外面来回走动的声音，开门关门，去洗漱间，拉柜门，拖动椅子，煤球的叫声，蔺月绡低声哄它的声音……

想象着他做这些事情的样子，又想到他今天暧昧不明的态度，洛希亚不知不觉中失眠了，第二天睡到日上三竿才醒来。

骄阳当空，家里静悄悄的。一般这个时候，洛爸爸和洛妈妈肯定已经在宠物医院了，至于洛爷爷，大多数时间，上午他会牵着狗狗们和他那些同好一起遛弯。

洛希亚穿着一身睡衣，顶着一头乱发，打着哈欠下楼。

蔺月绡居然在家。

他正坐在餐厅的圆桌旁吃着早餐，明明是再简单不过的杂粮粥和鸡蛋牛奶的搭配，却让他吃出了高级料理的优雅。

蔺月绡穿着一件白色 T 恤，搭配宽松的黑色休闲长裤，勾着腿，侧对着窗户坐在背阳的那一面，整个人散发出一种闲适的惬意。

煤球蹲在它的固定位置上，埋头吃着它的早餐，碗里面的肉红通通的，不知是培根还是牛肉。听到脚步声，它抬头看了她一眼，懒洋洋地叫了一声后，便又低下头继续撕咬盘子里的肉食来。

想起昨天晚上的事情，洛希亚突然觉得有些不好意思。她伸手顺了下自己乱糟糟的头发，又看了眼身上的睡衣，正想悄悄上楼换身衣服再下来，蔺月绡却已经抬头看到了她。

“早啊，小亚。”蔺月绡笑着看她。

“喀喀，早上好，你今天不用去宠物医院吗？”洛希亚干笑着，朝他摆了摆手。

“阿姨说最近比较清闲，所以今天让我在家休息一天。”见洛希亚仍旧站在原地，蔺月绡补充了一句，“赶紧过来吃早餐吧。”

说话间，他拿起旁边的碗，帮洛希亚盛了满满的一碗粥。

“哦。”洛希亚点点头，伸手接过蔺月绡递来的杂粮粥，在他旁边的座位上坐下来，“谢谢。”

蔺月绡碗里的粥已经喝得差不多了，他从面前的盘子里拿出一枚水煮鸡蛋，慢吞吞地剥起来。

洛希亚一边喝粥，一边不由自主地留意着他的动作。蔺月绡的手指修长纤细，动作不疾不徐，一举一动都有说不出的赏心悦目。他表情淡然，就好像她昨晚遇到的那个活泼的蔺月绡只是她的一场梦。

他越是这样，洛希亚便越是不满。她放下手中的碗，手肘撑在桌面上，侧向他：“蔺月绡，你昨天那些话到底什么意思？”

蔺月绡愣了一下，脸上的表情略微的不自然，他手上的动作顿了顿：“你……还在为昨天的事情生气吗？”

“你是故意戏弄我的吗？”洛希亚嘟囔着。

“当然不是。”蔺月绡蹙了蹙眉，放下手中的鸡蛋，郑重地看着她，“小亚，我昨天的话可能比较直接，我当时也没想太多，心里想到什么就说出来了。如果伤害到了你，或者让你误会了什么，不高兴了，我向你道歉，好不好？”

听到他这样说，想到自己居然为此辗转难眠了一整个晚上，洛希亚更加不开心了。她撇了撇嘴，小声嘟囔道：“既然明知道别人会不高兴，为什么还要说出来，哪有这么开玩笑的？”

还说什么知道她更喜欢什么样的，他们以后才能更好地相处……果然都是蔺月绡随口说来骗人的。

“我没有开玩笑。”

洛希亚没想到，蔺月绡居然也沉下了脸，看起来比她还要生气。

煤球正在撕扯着盘子里的一块牛肉，甚至连爪子都用上了，一副不亦乐乎的模样。听到蔺月绡的声音不对，它立刻停下动作，竖起脑袋一脸狐疑地看向桌旁的两个人，似乎在问：“你们又怎么了？”

这一人一猫也是有意思，主人几乎不碰荤腥，宠物却无肉不欢，蔺月绡省下的那点儿肉钱几乎全贡献给煤球了，洛希亚就没见过比它能吃也爱吃肉的猫。

洛希亚看着蔺月绡认真的表情，难道是她误会他的意思了？

她的心情又慢慢晴朗起来：“那……那你……”

“昨天我之所以会让你去宠物医院给我当助手，并没有开玩笑的意思，也不是瞧不起你。我只是觉得，你既然选择了动物医学这个专业，就要认真对待，选择是你自己做的，现在却又不认真对待，这是一种非常不负责任的做法……”

听到这里，洛希亚整个人都不好了，谁在跟他说这件事情了？

昨天晚上他们一起玩游戏之前不是都已经把话说开了吗？怎么样都算冰释前嫌了吧，他到底是从哪里觉得她还在为昨天早上的事情耿耿于怀的？

“不是，我什么时候……”洛希亚试图解释。

“你先听我说完……”蔺月绡毫不留情地打断了她，“而且，你想过毕业以后的问题吗？毕业以后也继续能逃避就逃避吗？还是说你打算毕业以后也抱着你的相机去找工作？那你到底为什么要学这个专业？再说了，小动物的生命也是生命，我们……”

煤球警惕地盯了两个人一阵，见他们今天似乎不会吵起来，它才终于放心地继续撕咬起盘子里的牛肉来……

“谁在跟你说这件事情了！我根本没有因为这件事情生气好不好？”洛希亚终于忍不住咆哮起来。

“吧嗒”一声，已经被煤球叼到了嘴边的牛肉顿时被吓得掉回了盘子里，它立刻跳到两个人之间，弓起背，警惕地瞪着洛希亚。

“那你……为什么生气？”蔺月绡将煤球抱进怀中，一脸茫然地问。

至此，洛希亚算是看出来了，蔺月绡根本就是在装傻，还说什么不是开玩笑，他昨晚根本就是在故意逗自己。

“你自己知道！”洛希亚气鼓鼓地放下了手中的粥碗，随后在蔺月绡错愕的眼神中愤怒离席。

“不是，我应该知道什么呀？”蔺月绡依旧茫然。

4

随后几天，不知道是不是蔺月绡心中有鬼，还是他终于意识到这次洛希亚是真的生气了，总算没有再邀请洛希亚和他一起去宠物医院上班。

为此，洛希亚小小地失落了一把。

她可是已经在心中想好，如果蔺月绡再旧事重提，她就狠狠回击一把的，结果他居然不声不响地放弃了。

最让她受不了的是，最近几天，蔺月绡的行为明显就是在讨好她，早餐时默默给她盛碗粥，晚上下班回来会假装凑巧买点儿她喜欢吃的零食、水果，微信朋友圈里也时不时发一些各种搞笑的段子……

求和的意图可以说是非常明显了。

但是每当洛希亚问他“你现在知道自己做错了什么吗”时，他就会切回迷茫模式，好像他真的不知道似的，原本怀疑他在装傻的洛希亚都快动摇了。

然而越是如此，洛希亚就越是生气，这种感觉就像是自己在自作多情似的，她不禁又多了几分恼羞的情绪。

因为这情绪，洛希亚更加不想见到蔺月绡了，想到他都生气。

就在她生闷气中，时间不知不觉地悄悄流逝，等到她回过神来时，暑假已经过去了大半。

这天下午，洛希亚午睡醒来，睡眼蒙眬地看着阳光从窗帘外隐隐透进来，算了算时间，发现距离开学的日子不远了。

她突然想到自己的暑假实践作业还没完成，顿时睡意全消，从床上跳了起来。

实践作业是要求学生们寻找跟本专业相关的实习场所，完成半个月的实践工作，并写工作总结，还要求工作单位负责人反馈工作表现并且盖章。

蓝黎暑假会来她家工作，一部分原因是多锻炼自己的专业技能，还有一部分的原因也是完成实践作业。

洛希亚现在唯一庆幸的是，她自己家开了一家宠物医院，所以……不知道她可不可以直接写个工作总结，然后找老妈盖个章就好？

打着这样的如意算盘，当天晚上洛妈妈下班回来后，洛希亚用非常讨好的语气把这件事情跟她说了，结果没想到，洛妈妈严词拒绝了。

“这件事情你想都不用想！给你两个选择，要么你自己去想其他的办法，要么你老老实实去咱们家宠物医院干满半个月的活，然后我再根据你的工作表现选择给不给你盖章。”

那冷酷无情的语气，绝对是亲妈无疑了。

“妈……”

洛希亚知道，反抗是没有用的，而且这门作业是“大魔王”林凯布置的，只要想到自己如果无法准时交作业，到时候可能面临惨无人道的惩罚，她便忍不住打了个寒战。

在遭受大魔王林凯的惩罚和去自家宠物医院忍耐半个月之间，洛希亚还是艰难地选择了后者。

她没想到的是，她居然被老爸安排去给蔺月绡当助手。

简直要气死她了！

这天下午，洛希亚度日如年地等待着下班时间的到来。

下午三四点正是一天中最容易犯困的时间，太阳透过窗户照进宠物医院的大厅里，让人越发昏昏欲睡。煤球蹲在前台的桌上，蜷成一团打盹，充当着招财猫的角色。这段时间，它每天都会陪蔺月绡来上班，对方忙的时候，它就在宠物医院里“巡视自己的领地”。也不知道是蔺月绡教得太好，还是它自己天生乖巧，虽然一直处于放养的状态，但是没惹出什么问题来。

洛希亚有一搭没一搭地听着洛妈妈的唠叨，脑袋一点一顿的。

好不容易等到自家老妈离开，洛希亚正和蓝黎抱怨着自己最近受到的非人对待，包括精神上和身体上的，宠物医院的门忽地被推开了。

“医生！医生在吗？请您一定要救救我家芝麻……”一个娃娃脸的女生慌乱地抱着一只蜜袋鼯跑进了大厅，六神无主地喊着。

蓝黎连忙迎上去：“您好，您先别慌，先简单跟我说下情况，医生马上就过来……”

说话间，洛希亚也迅速起身，去休息室找蔺月绡。

洛爸爸这几天不在家，出差去参加研讨会了，洛妈妈平日里负责的是药剂和各种宠物用品的销售，因此最近几天所有的动物手术都是蔺月绡在做。他有时候甚至在半夜被电话突然叫醒，然后顶着惺忪的睡眼跑来宠物医院工作。

洛希亚来到休息室，看到蔺月绡正靠在休息室的沙发上休息。他眼下淡淡的青黑，在细白如瓷的肌肤上格外明显。

看到他疲惫的模样，洛希亚忍不住有点儿心疼。

“蔺月绡，蔺月绡……”她小声喊他。

听到她的声音，蔺月绡还没完全清醒却率先坐直了身体，他揉揉自己的脸颊，试图让自己快速清醒：“嗯？怎么了？”

“外面又有客人来了，带着一只蜜袋鼯……”蔺月绡一边听洛希亚的解释，一边快速往外走去。

他径直走到那只蜜袋鼯面前，快速检查一番后，问它的主人：“它之前受过伤吗？”

“之前被家里的狗追着掉下了旋转楼梯，当时叫得挺厉害的，但是我看它后来又慢慢自己站起来了，好像也没什么问题，就没管它……”主人慌乱地说。

蔺月绡略带责备地看了她一眼，很快做出判定：“应该是内出血引起的器官衰竭，必须马上动手术。”

洛希亚原本以为之后就没自己什么事情了，然而准备进手术室时，她被蔺月绡叫住了：“小亚，你进来帮我！”

“可是，我……我……”洛希亚顿时惊到了，虽然她家宠物医院

已经开了十几年，她也因为各种各样的原因被父母使唤过，但是她真的……真的一次也没有参与过手术啊。

“有什么事情待会儿再说，现在情况紧急，你赶紧跟我进来。”蔺月绡说着，伸手接过那只小小的蜜袋鼯，便转身进了手术室。

洛希亚站在手术室门口怔了几秒，虽然真的很想拒绝，但蓝黎在忙着接待其他上门问诊的宠物主人，此刻没有其他的人手，她只能跟进去帮忙。

在做手术前准备的蔺月绡见

洛希亚傻愣愣的，抬了抬下巴：“愣什么？赶紧消毒，把手术服穿上……”

洛希亚硬着头皮，一步一个指令地跟着蔺月绡准备起来。

等到一切准备就绪，给蜜袋鼯注射了麻药，蔺月绡抬手要动刀时，洛希亚有些无法忍受了。

在第一颗血珠沁出蜜袋鼯的身体，洛希亚的眼前瞬间被红色淹没，所有的事物都好像蒙上了一层血色的幕布，她听到了绝望的嘶吼声，声嘶力竭，分不清是来自哪里，像是动物死前的哀鸣，又像是幼儿恐惧的哭泣……

冷汗不知道什么时候浸湿了她的额头，脊背发凉，她连忙扭过头，移开了视线，死死地盯着自己因为用力而泛着青白的手指，只有这样才不会让自己成为这场“战争”中的逃兵。

一旁专注于手中工作的蔺月绡一点儿也没有注意到她的反常，他蹙着眉头谨慎地操作着手术刀。这只蜜袋鼯内脏衰竭的程度太厉害了，想要用一场普通的手术把它救下来，根本是不可能的。

这一点，蔺月绡早在看到那只蜜袋鼯的第一眼就知道了，但是他相信自己的能力，所以把小家伙抱了进来。

“小亚，你给我去……”他正在心中盘算着应该怎么支开洛希亚，结果一抬头，就见洛希亚低着头，看也不看这边一眼。

这样不敬业的态度让蔺月绡忍不住皱起眉，他让洛希亚做他的手术助手，帮忙拯救一条小生命，洛希亚却如此心不在焉。这样的工作态度也太差劲了。

“你要什么？”听到蔺月绡的呼唤声，洛希亚强忍住内心的恐惧，挣脱出刚刚眼前那诡异的幻境，她一抬头，便猝不及防地再次对上她最不愿意看到的画面。

洛希亚的脸色瞬间变得惨白，她只觉得胃里一阵翻江倒海，甚至没等蔺月绡回答，便捂着嘴朝外冲出去，转瞬间不见了踪影。

“她怎么了？”蔺月绡被洛希亚这突然的动作吓了一跳。

不过，现在人不在了，倒是方便他接下来的动作了。

想到这里，他蹙着的眉头终于舒展开来，嘴角微微上扬，勾起一丝微小的弧度，迅速检查并处理了动物衰竭的内脏问题。

缝合好伤口后，他摘下手上沾着血的手套，右手微微抬起，平行地停在蜜袋鼯的身体上方，然后只见银白色的光芒在他的指尖迅速汇集，如同星星点点的萤火虫之光，越聚越多。最终，那银白色的光芒汇集成一个小小的光球。

他的手掌微微下压，那光球便像是受到了牵引似的缓缓下降，最终没入了蜜袋鼯的身体里。

随即，原本因为麻药作用以及病症而一动不动的蜜袋鼯，立刻动了动身体，它原本暗淡的毛色也慢慢恢复了光泽。

小家伙恢复知觉后，蔺月绡轻轻摸了摸它的脑袋，喃喃低语：“算你幸运，今天遇到我，捡回了一条小命。”

5

蔺月绡从手术室出来的时候，已经过了下班时间，他摘下口罩，客客气气地向蜜袋鼯的主人说明了情况。由于小家伙刚刚做完手术，还需要在宠物医院观察几天才能离开，客人了解情况后，知道小家伙暂时已经脱离了危险，便感激地独自离开了。

蔺月绡脱下身上的白大褂，正打算下班回家，却发现手术中逃跑的洛希亚居然没走，正和蓝黎一起靠坐在休息室里的沙发上，嬉笑着不知道在聊什么。

这两个人一个帅气利落，一个笑意甜美，远远看去，好像一对幸福的小情侣。

蔺月绡原本还担心洛希亚是不是真的哪里不舒服，现在再看她笑得没心没肺，胸口顿时燃起了熊熊的怒火。

想到这段时间以来，洛希亚为了逃避工作使出的种种手段，蔺月绡一把推开休息室的玻璃门，冷冷地绷着那张精致的脸："洛希亚，你现在必须给我解释清楚，今天是怎么回事？"

蔺月绡突如其来的质问把说笑中的两个人都吓了一跳，特别是洛希亚，被他脸上冷峻的神色吓得全然忘记了回应。

都说好看的人生起气来会更加可怕，这话果然没错。

"你知不知道手术是一件很严肃的事情？你怎么能在手术中跑了……要是因为你，导致手术失败，你能负责吗？你到底有没有认真看待过自己的专业，还是你做什么事情都像今天这样不考虑后果的……"

"我没有……"洛希亚刚想要反驳，下一秒被蓝黎岔开话题而忘掉的画面，瞬间因为蔺月绡的提醒再次卷土重来，她胃里又是一阵翻江倒海。

她连忙捂住自己的嘴，防止待会儿一个不小心吐到蔺月绡身上。

"你没事吧？"蓝黎连忙伸手拍拍洛希亚的肩膀，一脸担忧。

洛希亚无力地摇了摇头。

见她这番动作，蔺月绡蹙紧眉，怜悯心刚起，转念又想到这极可能是她逃避责备的伎俩后，他斥责道：“又来这一套！洛希亚，我不会再轻易上你们的当了，亏得我先前还一直在担心你身体是不是不舒服，结果你呢？在这里笑嘻嘻地聊天……你是不是觉得我是一个傻子，每次总是轻易地相信你的鬼话？你不要把我对你的宽容当成挑衅我的资本……”

蔺月绡越说越生气，脸和脖子涨得通红。

“唔唔……”洛希亚瞪大了双眼想要反驳，然而胃里阵阵反酸的感觉,却让她一个字也说不出口,她只能在吐出来之前,朝洗手间狂奔而去。

只有到了这个时候，洛希亚才开始后悔，之前为了逃避工作，她半真半假地跟蔺月绡耍了太多的赖，导致现在说真话他反而不信了。

“蔺医生，你误会小亚了，她不是那种不负责任的人。她不是要故意骗你，是真的有特殊原因，所以无法面对手术的场面……”蓝黎为洛希亚辩解道。

听到洗漱间里传来的呕吐声，蔺月绡这才勉强相信了蓝黎的话，他皱着眉头看向洗手间的方向：“她……这是怎么回事？”

“她不能看到手术的画面，一见到就会吐，平日里在学校的实践课上也是这样……”蓝黎轻声说道。

自从发现洛希亚这个毛病以后，在学校上课涉及解剖时，每次都会要求跟她一组的蓝黎便会找个理由把她打发出去。

蓝黎是教授们心目中的好学生，对于她这样的行为，教授们只好睁一只眼闭一只眼。偶尔会遇到教授心情不畅，点名让洛希亚动手，但是在见识过她“变脸”的过程以后，也都纷纷放弃了。

“这是什么毛病？”蔺月绡一怔，心中的火气渐渐平息了。

难怪洛希亚在手术室里时脸色那么难看，想到自己不仅错怪她，还说出那么失礼的话，蔺月绡顿时觉得脸上火辣辣的。

眼见蓝黎张了张嘴，似乎还想说点儿什么，蔺月绡先她一步，尴尬

地摆摆手：“咳咳，好了，你也赶紧下班吧。这里我会照顾的……”

等到洛希亚从洗手间出来时，蓝黎已经下班离开了，蔺月绡正抱着煤球，站在洗手间门口等她。

换下白大褂的蔺月绡敛去了身上那种医职人员身上特有的冷峻和肃穆，又变回了平日里那个带点儿学生气的大男孩儿。他的手一下下轻轻抚摸着怀中的煤球，动作无比温柔。

洛希亚不知道蓝黎对蔺月绡说了她不能见血的事情，她自知有错，便有气无力地向他道歉：“对不起。”

“知道自己错了就好，下次不要再这样了。”蔺月绡视线飘忽地说着，始终不敢对上洛希亚的视线，他的脸颊仍旧有点儿发热。

“嗯。”洛希亚点点头，越过他准备离开。

蔺月绡突然问道：“喂，市中心有秋木的动物摄影展，你想去看吗？”

“嗯？”洛希亚略带惊疑地看着蔺月绡。

他现在是什么意思？是她想的那样吗？

被洛希亚看得有点儿窘迫，蔺月绡轻咳一声，解释着：“咳咳，今天带宠物来看病的客人送了我两张门票，你要是不想去……”

“去去去！现在就去！”不等蔺月绡说完，洛希亚一把抓住他的手臂往门外走去，哪里还有半点儿虚弱的样子。

秋木可是她最崇拜的摄影师，没有之一！

秋木是国内有名的摄影师，他所拍摄的作品在国际上获得过多次的奖项，他同时是苍凛地理杂志的特约摄影师之一，这也是洛希亚梦想进入苍凛杂志实习的原因。

最近她忙昏了头，居然差点儿错过这么重要的摄影展。

夕阳下，两个人一起出发前往展览馆。

因为动物不被允许进入展览馆，蔺月绡便在展览馆外放下了煤球。

洛希亚有点儿担心："放它这样乱跑，不会被人抓走吗？"

蔺月绡蹲在地上，信心满满地摸了摸煤球的脑袋，又拍了拍它的屁股，煤球便一溜烟地蹿进展览馆后面的巷子里，瞬间消失得无影无踪。

"没关系，它自己会找地方玩儿的，一般人轻易抓不到它。"

洛希亚忽然想到那天晚上在自己家中，蔺月绡让煤球去追贼的事，这样一比，放养煤球好像都算不上什么……

他们进入展览馆时，在里面参观的人已经不多了。

洛希亚很快沉浸在挂在墙上的一幅幅摄影作品中，完全忘记了不久前在宠物医院里发生的不快。蔺月绡跟在她的身后，看着她双眼亮晶晶的模样，忍不住扬起一抹微笑。

她还真是一个简单的人，什么情绪都写在了脸上。

洛希亚认真地打量着墙壁上的摄影作品，从角度到光线到构图……她一边看，一边啧啧称奇："怎么有人可以拍得这么好？"

"这构图……这光线……简直太完美了！"

"要是我什么时候也能这么厉害就好了。"

不知不觉间，两个人有说有笑地走到最后一个展馆，也是最大的专题展览馆——狼性展览馆。

洛希亚兴奋地走在前面，看着这个展览馆入口处的一面墙上挂满了各色的狼眼睛，它们凝视着她，令她发出阵阵惊叹。

忽然，她听到身后响起蔺月绡的轻哼声。

洛希亚奇怪地转头，只见蔺月绡冷着脸，不屑地看着墙上的摄影作品。

"你怎么了？"她奇怪地问。

"没事。"蔺月绡冷淡地回答。

"可是，你的脸色看上去不太好……"

蔺月绡耸肩道："我只是单纯地讨厌狼这种生物而已。"他的眼中闪过不加掩饰的厌恶。

“狼虽然乍一看有点儿阴险凶狠，但看久了也挺萌的，你不觉得吗？而且狼性精神不是一直备受推崇吗？”

“呵呵，一点儿也不觉得。”蔺月绡似乎真的很讨厌狼，他摆出一副无法忍受下去的态度，“我去外面等你了。”他说完，不待洛希亚反应，便转身朝外走去。

“唉！”看着他的背影，洛希亚喃喃感叹，“怪人！”她摇摇头，继续看展。

由于这已经是最后一个展馆，因此洛希亚没有耽误太多的时间便看完了，她心满意足地从展馆出来，天色已暗，道路两旁的路灯渐次亮了起来。

蔺月绡坐在路边的长椅上，正抱着煤球低头跟它说着什么，浑然不觉自己已然成为路人眼中的一道风景。路灯的光从他的头顶直射而下，他整个人都融入了这昏黄的夜色中，如同一幅暖色调的油画。

洛希亚在原地顿了顿，这才缓步朝他走去。

“蔺月绡，我饿了，咱们去吃饭吧！”她步调轻快地走到他的面前，微笑看向他。

闻言，蔺月绡抬头，额前的短发往两旁垂落，露出额角的美人尖来。他洁白得有些反光的额头下，那双漂亮的灰蓝色眸子微微弯起：“好呀！你想吃什么？”

“谢谢你请我看展，晚饭我请你吃吧，带你去个好地方……”洛希亚突然弯腰靠近他，问出心中一直疑惑了很久的问题，“我之前就想问了，你是混血儿吗？为什么你的眼睛是灰蓝色的？”

洛希亚猝不及防的靠近让蔺月绡的瞳孔猛地收缩，原本正打算起身的他再次被迫靠回了椅背上。而煤球像是感受到了主人的情绪，瞬间奓毛，所幸的是它今天出去撒欢了一趟，心情还算不错，没有直接给洛希亚一爪子。

蔺月绡安抚着怀中奓毛的煤球，好一会儿，才叹息着轻声说：“我不是混血儿，不过听说我外婆是少数民族……”

“哦，原来是这样。”洛希亚点了点头，等蔺月绡起身后，这才朝前走去。走了一会儿，她突然停下脚步，转头对他微笑，“有没有人跟你说过，你的眼睛很漂亮？”

蔺月绡愣住了，他屈起食指，蹭了蹭自己的鼻尖，似乎有点儿不好意思：“谢谢，你是第一个。”

第四章

再见，转头又见

1

两人一猫拐入展览馆前门不远处的一条小巷子，没走多久，到了一个宅院前。

宅院门前摆着两只憨态可掬的貔貅，洞开的院门里可以看到一棵巨大的榕树，树下摆满的桌椅坐满了人，热闹极了。食物的香味到处飘荡着，小孩四处奔跑嬉闹……一派亲切的烟火气。

“这么早居然就快坐满了人，我们快去占个座位！”洛希亚一把拉住蔺月绡往里走，快速占到了靠近树影边缘的位置。

刚坐下，她便兴奋地朝老板叫了起来：“老板，我们这桌来一份麻辣小龙虾！”

等到远处屋檐下正在忙活的老板答应了，她这才看向蔺月绡：“我跟你说，这家的消夜超级好吃，你还想吃什么？可以去那边看了之后跟老板说。算了，我跟你一起去吧……”

最后，蔺月绡把煤球放在椅子上占位，两个人一同起身又去收银吧台点了满满一桌子的食物。

麻辣小龙虾制作的时间稍微有点儿长，等到它上桌的时候，其他菜都已经上得差不多了。

远远看着老板端着盆过来，洛希亚已经抑制不住地开始吸起了口水，她迫不及待地戴上一次性手套，只等小龙虾一放稳，便立刻开动。

她吃得美味而陶醉，不过转眼的工夫，面前就堆起了小山似的虾壳。蔺月绡在旁边吃着烤土豆，见状，也忍不住好奇起来：“真有那么好吃？”

洛希亚手上快速剥着虾壳，听到他的话顿时点头如捣蒜，一边吃，一边不忘诱惑蔺月绡：“真的超好吃的，你要不要试试……我跟你说，你不吃会后悔的！”

“不用了，我不吃动物。”蔺月绡伸手拿了一串韭菜，一脸的敬谢不敏。

学动物医学的人很多都是动物保护协会的成员，或多或少都会有这方面的禁忌，只是程度上有所不同，洛希亚倒也不觉得蔺月绡奇怪。

“小龙虾怎么能算是动物呢？它可是入侵物种，吃它们就是为环境减压，没关系的。”为了推销自己的心头好，洛希亚一本正经地胡说八道，她一边被辣得直吸气，一边快速地剥着虾子。

煤球在一旁开心地吃着肉，一盘薄厚均匀，炒得油光发亮的五花肉，已经被它吃得差不多了，至于洛希亚原本特意给它点的猫咪最喜欢的鱼，它却碰都不碰一下。

飞速吃掉盘子里最后一块五花肉后，煤球满足地舔了舔爪子，看向分别坐在它左右两边的两个人，随后又看了看桌子正中央那一大盘红艳艳的小龙虾，一副跃跃欲试的模样。

洛希亚看它似乎对小龙虾很感兴趣，剥了一枚虾肉放到它的盘子里，它立刻双眼放光地扑了上去，然后……

只见它一口咬下去，不知道是不是被辣到了，下一秒，突然发出一声凄厉的叫声：“喵呜……”

“扑哧——”洛希亚不厚道地笑了，连带着蔺月绡也忍不住跟着笑了。

煤球恼羞地抬头，那双滚圆的荧绿色眼眸狠狠瞪了他们一眼，它“喵呜喵呜”地叫着，好像控诉他们在幸灾乐祸。

洛希亚连忙举手投降：“好好好，我们不笑了。”

她说完，见蔺月绡也心情不错，又竭力推荐起来：“你真的不打算试试吗？超级好吃的！给你，你要是吃了觉得不好吃，我绝对不再多说一个字……”

说着，洛希亚把一枚剥好的白白胖胖的虾肉递到了蔺月绡面前。

这一刻，不知道是不是因为吃得太开心的缘故，洛希亚的眸中泛着水光，嘴角和鼻尖被辣得红通通的，脸颊上泛着淡淡的粉，显得无比可爱。

鬼使神差地，蔺月绡接过虾肉送进了嘴里。

见他吃进嘴里，洛希亚期待地问："怎么样怎么样？好不好吃？"

答案显然是肯定的……在体验到小龙虾的美味之后，蔺月绡不知道是不是真的相信了洛希亚所说的小龙虾是入侵物种的鬼话，也完全忘记了自己是个素食主义者这回事，他表现出了惊人的战斗力。

他们吃光了两大份小龙虾，而煤球扫荡了桌子上的所有肉类……洛希亚隐隐有点儿担心起自己的钱包来。

吃到最后，趁着煤球躺在椅子上消食，蔺月绡慢吞吞地剥着盘子里所剩无几的小龙虾，状似无意地问洛希亚："蓝黎说你有晕血的毛病，既然这样，你当初为什么还要报动物学专业？"

"其实我也不知道会这么严重，以为可以慢慢克服的……而且你知道，我家人都从事的这个行业，他们也希望我能继续从事这个行业……"洛希亚耸肩笑了笑。

蔺月绡从她的笑容中看到了失落和酸涩，突然之间，他好像明白了她平日里那些藏在嬉笑和满不在乎背后的无奈。

两个人靠在椅背上，望着天空发呆，天幕是深深的黑蓝色，没有星星，但是月亮很圆，它正缓缓越过树梢，向上升起。靠近地平线的地方被城市的霓虹照射成了暗红的颜色，那颜色逐渐变暗，层层过渡，最后和黑蓝色的天幕融为一体。

不知何时，榕树上已经亮起了点点的光芒，藏在浓密的树冠下，被映衬成浅淡的黄绿色，仿佛一只只藏在森林中的光之精灵，又仿佛神话传说中可遇不可及的仙果，说不出的漂亮梦幻。

"好美啊！"洛希亚感叹道。

蔺月绡却像没有听到她的话语似的，径自沉默。

他突然开口道："如果，我是说如果，你没有晕血的毛病，家里人也不干涉你所学的专业，你会选择动物医学还是摄影？"

听到蔺月绡的问题，洛希亚收回视线看了他一眼，对方却并没有

看她，仍旧保持着望天的姿势，好像刚才的问题不是他问的似的。

洛希亚重新看向天空，认真思考起他的问题，如果如他所说，她会怎么选择呢？

“我不知道。”好一会儿，她终于回答。

然而在她的心中，有一个答案正呼之欲出。

听到她的回答，蔺月绡笑了，他坐正身体看向她，那双灰蓝色的眼眸中闪烁着自信而笃定的光芒。

他说：“你知道的，你只是不愿意承认而已。”

2

洛希亚不知道自己应该知道什么，她只知道，有优秀的蔺月绡做对比，她在家被批的次数越来越多了。

最初，她还会“玻璃心”，觉得有点儿受伤，但被说的次数多了，也就慢慢习惯了。

这天，洛希亚所在的深蓝摄影社团的微信群里发布了消息，通知大家上次社团拍摄的超级月亮作品已经整理好，将在几天后开展。

因为上次的意外，洛希亚的相机里没有留下什么精彩的照片，但是对于开展的事情她还是很期待的。

开展这天正好是周末，她早早做好了准备，背着相机正要偷溜，人才跑到大厅，便被洛爷爷喊住了：“小亚——”

“爷爷，您今天这个时候怎么在家呀？咦，这是要出去见朋友吗？”洛希亚回头，看到洛爷爷从房间里走出来。

老人家穿着一件簇新的白色短袖衬衫，搭配黑色西装长裤，黑色皮鞋，拄着一根黄梨木龙头拐棍，头上还戴了一顶草编的遮阳帽，一副出行的打扮。

“我要去一趟生物研究中心，”洛爷爷朝她招招手，“正好，你跟我一起去吧！听说是关于那场火灾的事情，似乎是在火灾现场发现了奇怪的东西……”

“可是……”洛希亚为难，她已经跟摄影社社长约好了要过去的。

“可是什么，反正你在家也没什么事情做，还不如跟我这个老头子多出去走走，在那些叔叔伯伯面前露露脸，说不定还能为你争取一个工作机会……”洛爷爷说着，顿了顿拐杖，颇有点儿怒其不争的意思。

“行行行，我跟您去还不行吗？”这段时间，洛希亚已经听够了唠叨，只好连忙点头。

爷孙俩到达生物研究中心时，会场里已经来了很多人，不少都是

业内知名度颇高的人物。

洛爷爷一到场便被他那些老朋友团团拉住，洛希亚乖乖跟着洛爷爷，礼貌地问候了一圈人，正打算找借口躲去一旁待着，就见到他们大学的校长以及校长的孙女白凌。白凌今天打扮得很漂亮，一头长发自然垂落，着一身漂亮的蓝白色宽条纹长裙，腰间用一根白色的衣带系住，脚上蹬着一双小白鞋，在叔叔爷爷辈的人眼中显得格外乖巧。

“老洛，你今天也带小亚来啦！”隔老远，校长便笑着朝他们打招呼。

洛希亚连忙弯腰问候：“校长好！”

当看到跟在校长身后的白凌时，洛希亚的心情却变得有点儿微妙，她扯唇朝白凌点点头，算是问候，而对方对她视而不见，直奔洛爷爷的方向而去。

“洛爷爷，人家好久都没看到您了，您最近都不来我家找我爷爷下棋了……”白凌的语气半是撒娇半是埋怨，顿时把老人家哄得笑靥如花。

白凌跟洛希亚是同一级的新生，不过白凌学的是临床医学。两个人一个学给人看病，一个是学给动物看病，按理来说是没什么交集的，但是……长辈似乎希望她们也能像他们那般成为好朋友，因此校长特意将洛希亚与白凌安排到同一间宿舍。

可惜的是，打从认识洛希亚开始，白凌就对她爱答不理的，而这种情绪在两个人成为室友后有增无减，尤其是发现洛希亚是一个连动物医学都学不好的“笨蛋”后，白凌对她的态度又从爱答不理变成了鄙视。当然，这一切，长辈们是不知道的。

开会席间，洛希亚才知道，上次的火灾事件在群众中引起了恐慌，因此相关部门一直都在加紧调查。

“这次之所以会突然召集各位专家开会，是因为在现场发现了奇怪的动物残骸。根据我们的研究，应该是现有发现中没有出现过的物种。我们还从检查出来的结果中发现了奇怪的基因序列，怀疑是进行过基因改造的动物……”会议室里，研究中心的发言人站在讲台上，一脸严肃地说着，他的身后实时播放着火灾调查结果的 PPT。

洛希亚坐在最角落里，正一边刷着深蓝摄影社团的微信群，翻看大家发来的现场图片，一边心不在焉地听着现场的分析报告。

听到这里，她拧起眉，抬头看向前方。

她突然想到捡到蔺月绡的那天，蓝黎给蔺月绡包扎好身上伤口后的提问，当时她们都在好奇他身上的伤口是被什么动物所伤，难道……伤到蔺月绡的是这只奇怪的动物？

洛希亚顿时打起精神，专心致志地听了起来。

“待会儿回去问问蔺月绡好了，说不定他能回忆起什么有用的线索来……”洛希亚拿着手机在掌心轻拍着，喃喃自语。

白凌坐在洛希亚的身旁，她不满地瞥了洛希亚一眼，洛希亚顿时不出声了。

随后，发言人向大家展示了更多的线索，其中包括一张从现场拍摄的图片，那似乎是一个奇怪的图标。

因为现场被毁损的程度有点儿严重，所以图片看上去不太清晰，还好工作人员贴心地做了图片的复原图。

那图标似乎是某种古老的文字，又像是某种兴之所至而创作的随手涂鸦，让人有一种说不出的神秘肃穆。

洛希亚仔细端详着图标的形状以及纹路，不知道为什么，她总觉得那图标看上去有点儿眼熟，好像在哪里见过。

她正想再仔细看看，发言人便已经将 PPT 翻页，继续下面的演示了。

从生物研究中心离开，洛希亚又陪洛爷爷出去“社交”了大半天，等回到家时已经是晚上了。

从宠物医院下班回来的蔺月绡正坐在客厅里看电视，见洛希亚垂头丧气地栽进沙发里，他随口一问："跟爷爷出去了？"

"嗯。"洛希亚趴在沙发里闷声回答。

洛爷爷回房间换衣服了，看着洛希亚一副小乌龟似的模样，蔺月绡有些忍俊不禁，伸手轻轻戳了一下她的脑袋："你这模样，怎么像被蹂躏了似的？"

"别提了！"洛希亚无力地摆摆手，一把拍开他的爪子，后悔不已地假哭起来，"早知道这样，我宁愿去宠物医院上班，呜呜……"

难得听到洛希亚有主动想去宠物医院上班的想法，可见今天她确实被摧残得够呛，蔺月绡笑得更开心了，毫无同情心地问道："说说看，今天发生什么事情了？"

洛希亚可不想再次回忆一遍今天所受的摧残，她摇摇头刚要拒绝，突然想到白天在生物研究中心听到的事情，这才勉强打起精神，抬头看向他："对了，那天火灾，你闯入现场后真的没有发现什么奇怪的动物或者听到什么奇怪的动静吗？"

没有料到洛希亚会突然提起这个话题，蔺月绡脸上的笑容退去了，他摇摇头："我上次不就告诉你了吗？没有啊，怎么了？"

"上次你不是受伤了吗？当时咬你的是什么东西，你真的一点儿都没印象吗？"洛希亚忽略他的问题，再次迫切地问道。

蔺月绡的眼神闪躲了一瞬，却仍旧坚定地摇了摇头："我真的不知道，当时火那么大，我只顾着赶紧出去，没有发现现场还有其他的东西。要不是你们说我是被野兽咬了，我自己都没发现呢！还以为是哪里冒出来的火星溅到身上了……"

"你再仔细想想，还有没有其他什么忽略的细节？"洛希亚说着，匍匐着靠近蔺月绡，死死盯着他，"比如说奇怪的动静或者……图标什么的？"

"什么图标？你是不是听到什么奇怪的传言了？"

"其实是我今天跟爷爷去了生物研究中心，那里的专家说在火灾现场发现了奇怪的未知物种，疑似被基因改造过，而且还在现场发现了奇怪的图标……”

洛希亚只顾着说，并没有发现蔺月绡变了脸色。

等到她说完，抬头再看向蔺月绡时，对方脸上已经适时地切换到了惊讶的表情：“这么奇怪？那难道不是一场单纯的意外吗？”

“显然不是！”洛希亚竖起食指，摆了摆，一本正经。

蔺月绡不再出声，仿佛陷入了沉思。

洛希亚再次凑近他，不死心地追问：“你真的没有发现什么奇怪的事情吗？”

不知道想到了什么，蔺月绡的眼神变得有些飘忽，他摇了摇头：“我真的记不起来了，也没有发现你说的那些什么图标和动物。我累了，先回房间了。”说完，蔺月绡神色严峻地快步朝楼上走去。

看着他离开的背影，回想他刚才的神情，洛希亚总觉得他好像隐瞒了什么。

3

暑假即将结束的时候，蔺月绡离开了洛家。

洛希亚虽然有点儿舍不得煤球，但是想到自己马上也要开学住校了，便没有多做挽留。

只是……

只要一想到开学以后不得不面对林凯大魔王，洛希亚就有种满地打滚求不去上学的冲动。

九月的校园，充满了青春的活力。此时已经立秋，气温虽然稍微降了点儿，但秋老虎的威力也不能让人小觑。幸好鹿宫大学是一所老校，校园里的绿化做得很好，靠着每天宁愿多走几步也要躲在树荫底下穿行的决心，洛希亚才得以苟延残喘。

唯一让她痛苦的只有林凯大魔王了，这几天她充分体验到什么叫作坐立难安、心惊胆战、东躲西藏的滋味。

“除非有什么重要的事情，否则我绝对不会在校园里乱逛，更别说实验楼那一片，方圆一公里内已经被我列为禁区；就算是平常因为上课需要去教学区，从离开宿舍开始我就会眼观六路、耳听八方，一旦有任何不对便立刻逃跑；至于手机，早在开学当天就被我调成了静音，我实在是受够了听到电话铃声而心惊胆战的滋味，生怕是已经归校的大魔王打来让我去实验室报到的……我过得这么惨，你现在应该相信他对我造成了多大的心理阴影吧？”面对蓝黎的嘲笑，洛希亚滔滔不绝地诉苦。

对此，蓝黎并不认同：“我说你至于吗？是福不是祸，是祸躲不过……”

“你说得轻巧，要是换成你，你等着哭吧！”洛希亚反唇相讥。

这样躲躲藏藏了一个星期，洛希亚没有接到林凯的电话，也没有在教室里上着课突然被叫走，她终于放松了警惕，问蓝黎：“你说，他是不是打算放过我了？”

“如果这么想会让你好过点儿，你就当是吧！”蓝黎耸耸肩，毫不留情地戳破了洛希亚的幻想。

“黎黎，你到底还是不是我的朋友？”洛希亚气急败坏。

“正因为是，我才实话实说的。”蓝黎说。

然而该来的总归还是会来，洛希亚像惊弓之鸟躲了几天，终于还是迎来了星期五。

这天是本学期的第一堂解剖课，主讲老师正是林凯。

林凯戴着一副银边眼镜，镜片在室内灯光的照射下闪烁出冰冷的光，他穿着一件铁灰色的修身衬衫，搭配一条黑色西装长裤，衬得身高腿长，如同从时尚 T 台上走下来的超级男模。林凯本来长得也很出色，此刻侧身站在讲桌的边缘，单手放在桌子的课本上，整个人透出一股精英的气质。

教室里人满为患。上了一个星期的课，洛希亚发现就数今天教室里的人最多，有很多学生甚至不是就读他们大学的。不过，这种状况倒是方便了她，前三十分钟，她一直处于龟缩的状态，在心中喃喃念叨：“他看不见我，他看不见我！”

也不知道是不是她的祈祷奏效了，还是林凯真的忘记了她的存在，课间一直没有叫到她的名字，要知道，上个学期她几乎承包了课堂上所有的答题机会。

“看来他是真的忘记我的存在了。”开讲十五分钟后，课堂上的气氛越加热闹，洛希亚也终于慢慢放松下来。

下课铃声一响起，她如获新生般地从座位上站起来，正要邀请蓝黎去学校后街大吃一顿以作庆祝时，一道略带清冷的嗓音突然从讲台的方向传来。

“洛希亚同学，今天放学后，请准时到实验室找我。”

洛希亚不可思议地抬起头，只见林凯单手抱着讲义，勾唇看着她。

洛希亚瞬间懂了，林凯先前一定是故意的，他肯定早发现她在躲着他，于是他装作不在意，好像眼中根本没有她的存在似的，只等着她彻底放松的瞬间，给予她致命的一击。

就像猫捉老鼠似的。

教室里响起女生们花痴的议论，她们看向洛希亚的眼神也越发羡慕和嫉妒，只有洛希亚如坠深渊，噩梦还是来临了……

最后一节课的讲课老师因为临时有事，将课调到了下周，没其他事可做的洛希亚干脆收拾好书包，提前前往实验室。

4

实验室位于学校的东北角，从教学楼的方向过去，要穿过一条茂密的林荫道，走在蔓延的绿意下，洛希亚的心情好了一些，脚步也轻快了不少。

许久没来，实验室周围的花草树木长得越发茂盛了，那冰冷的高大建筑也因此多了几分人性的感觉。

林凯的专属实验室被分成了内外两间，外间供日常的实验和工作记录，里间则是设备精良的手术室，两间实验室之间隔着一块面积三四平方米的玻璃窗，透过玻璃窗，可以从外间看到里间手术室的情况。

洛希亚在外间放下了书包，扫视一圈都没有看到林凯的身影，正打算进手术室找人，却突然听到林凯在跟人说话，似乎是关于暑假时发生在她家附近的那场火灾："你当时为什么那么莽撞，直接冲进火场？你知不知道那有多危险？还好没出什么事情。要是出了问题，你让我回去怎么跟人交代？"

洛希亚下意识地停住脚步，正犹豫该不该进去，突然，一个意想不到的声音从手术室里传出来……

"当时情况紧急，我来不及多想。"是蔺月绡的声音。

洛希亚悄悄趴到手术室的门上，透过门上的气窗朝里张望。

手术室里，蔺月绡与林凯面对面站着，手术台上固定着一只像是猫科类的动物。蔺月绡的身上穿着一件白大褂，两个人似乎正一起检查着那只动物。

煤球正蹲在距离两人不远的另外一张手术台上，舔着自己雪白的爪子。

蔺月绡怎么会在这里，他跟林凯认识？

平日里说话夹枪带炮棒的林凯，居然叹了口气，神情颇为无奈："你现在已经引起了他们的注意，以后情况估计会更加麻烦……"

他们？他们是谁？会跟火灾中发现的动物残骸有关吗？

蔺月绡也跟着叹了口气：“那也是没有办法的事情，总不能任由它……”

蔺月绡的话还没说完，忽然被林凯打断了。

“洛希亚同学，你站在门口干吗呢？打算给我当守门人吗？我这不缺守门人……”林凯的声音越来越近，手术室的门一把被他拉开了。

不知什么时候，林凯已经摘下了手术手套，双手插在白大褂的口袋里，竖起眉头，居高临下地打量着她。

洛希亚闪避不及，差点儿一头栽进他的怀里，她连忙站直身体，辩解道：“我……我什么都没听到。”

这话无异于“此地无银三百两”，林凯突然笑了，转身往里走去：“赶紧进来帮忙！”

手术室内的蔺月绡抬眼看过来，发现是她，他一点儿也不意外，似乎早就知道她会过来：“小亚，我们又见面了。”

洛希亚跟在林凯的身后走进来，这才看清手术台上固定着一只浑身斑点的薮猫。双眼赤红状似癫狂的薮猫原本在使劲挣扎着，经过蔺月绡的轻轻抚过后，瞬间温驯得像一只小奶猫。

虽然早已了解蔺月绡在面对动物时的神奇魔力，但再次看到，洛希亚还是会忍不住觉得神奇。

原本她还因为偷听到他们的谈话有点儿心虚，但看到蔺月绡若无其事的模样，她又有点儿不高兴，像是被欺骗了似的，带着点儿兴师问罪的意味问他：“你怎么会在这里？”

“你们认识？”这下轮到林凯惊奇了。

蔺月绡淡淡地点了点头：“嗯，她就是我跟你说的那个救命恩人。”

闻言，林凯看向洛希亚的眼神有了变化，他难得地露出了一个称得上真挚的笑容：“很感谢你救了月绡，他是跟我从小一起长大的发小。他会出现在这里，是因为我私人请他过来的，未来一段时间内他都会以我的助手的身份待在鹿宫大学，希望你们能合作愉快。”

这样正式且郑重的介绍简直不像林凯的风格，洛希亚愣头愣脑地应道："哦。"

"好了，现在介绍也介绍完了，寒暄也寒暄完了，咱们是不是应该赶紧工作了？"蔺月绡说着，伸手指了指手术台上的薮猫。

"马上……"林凯看向蔺月绡的视线仍旧带着淡淡的责备和担忧，"你下次办事别再这么冲动了，这次幸好是小亚救了你，要是她当时没有捡到你，我看你怎么办。"

"最多是恢复得慢一点儿，死不了的。"蔺月绡满不在乎。

"你还是小心点儿吧！"

"知道了，林妈妈……"

趁两个人斗嘴的空隙，洛希亚轻车熟路地换好工作服，走回到手术台前。

"咱们今天的任务是给这只从动物园里运来的薮猫检查身体。"林凯拍了拍掌，开始介绍薮猫的情况，"据工作人员说，它前段时间突然从动物园里偷溜出去，虽然及时被追了回来，但不知道是吃坏了什么东西，还是从哪里感染了奇怪的病症，从前两天开始便一直双眼赤红，状似癫狂，不管看到什么都会发起攻击。"

"动物园那边不是有专门的兽医吗？他们没查出什么来？"洛希亚蹙眉。

"最初，动物园的兽医检查过，但是没有查出原因，随后又被送去几家市里的宠物医院，但是他们都没有查出原因，不得已之下，在生物研究中心的专家推荐下，薮猫被送到了咱们这里。"说到最后，林凯忍不住叹了口气。

虽然被人认可是一件让人开心的事情，但如果这份认可的代价是需要不断增加他的工作量，那就没那么让人愉快了。

洛希亚看着眼前的薮猫，越看越觉得它的症状像火灾后的第二天去她家宠物医院看病的那些宠物的症状，她迟疑地看向蔺月绡："你

觉不觉得这只薮猫的症状跟火灾后的第二天……”

当时，蔺月绡还帮忙安抚过那些动物，再也没有人比他更清楚当时的情况了，此时他却面无表情地继续着手上的动作：“现在还不能下结论，先检查……”

“可是……”洛希亚还想说点儿什么。

“就算我觉得一样又如何？想要找到问题的根源，该做的还是一步也不能少。”蔺月绡一边说，一边左右细细检查薮猫身上有没有伤口之类的。

蔺月绡说得不无道理，洛希亚明白是自己太过急躁，便不作声了。

蔺月绡转头看向一旁已经给薮猫注射过麻醉剂，正在做手术前准备的林凯：“阿凯，你到时候找动物园那边的工作人员确定一下，这只薮猫是在什么时候偷溜出去的，又是什么时候、在哪里被找回来的……”

“行。”林凯点点头。

看他们交流和配合都很默契，洛希亚不知不觉出了神。

他们看起来关系真的很好啊。

然而一想到她进手术室前听到的内容，洛希亚越发怀疑蔺月绡隐瞒了火灾现场的细节。还有，林凯所说的那句“你已经引起了他们的注意”，是说谁的注意？他们到底隐瞒了哪些秘密呢？

正思考着，洛希亚的耳边突然传来蔺月绡的惊呼：“小心！”

洛希亚茫然抬头，只见再次变得癫狂的薮猫不知道怎么挣脱了束缚带，嘶吼着朝她扑了过来。

“哇啊——”想要逃跑已经来不及，洛希亚害怕地闭上了双眼。

忽然，她感觉到一阵风掠过她的身前，随即自己便被一个温热的物体扑倒在地上。

没有等来想象中撕裂般的剧痛，她小心翼翼地睁开双眼，只见她靠在蔺月绡的怀里，两个人狼狈地摔倒在地上，因为蔺月绡这个人肉肉垫，她并没有摔疼。林凯及时制服了那只狂躁的薮猫，用缚带再次将它固定起来。

蔺月绡当即爬起身，伸手将洛希亚从地上拽了起来。洛希亚刚想道谢，谁知一抬头对上了蔺月绡带着怒火的双眼：“洛希亚，你是不是不会专心做一件事情？”

“对不起，真的对不起，我保证下次绝对……”洛希亚自知理亏，连忙双手合十向他道歉。

蔺月绡仍旧怒气冲冲：“上次的手术是这样，这次又是这样……就算你真的抗拒动物，也给我好好忍着。一旦站在手术台前，就请你打起十二万分的精神。你可能觉得无所谓，但是你的任何一次分心都可能导致无法挽回的后果……”

洛希亚原本以为与蔺月绡一起吃过那顿小龙虾后，他已经了解了她心中的无奈，可是现在，他不仅让她觉得难堪，更有一种“原来我在他心中这么差”的挫败感。

洛希亚的脾气忍不住跟着上来了，她挺起胸膛，梗着脖子朝他叫道：“我知道这次是我不对，可是我已经跟你道歉了，你一定要抓着这件事情不放吗？”她委屈地红了眼眶。

“我……”蔺月绡还想说点儿什么，但看到她这副模样，他顿时愣住了，最终只是叹了口气，转身回到手术台前，默默地继续工作起来。

在旁边看戏的林凯难得没有借机嘲讽，反而做了一回和事佬，他看着洛希亚温声道：“好了，你今天受惊了，早点儿回去吧。剩下的事情我和月绡会处理好的。别生他的气，他就是这臭脾气，其实也是担心你会受伤。”

担心她？她可看不出来，哼！

洛希亚回头看了一眼蔺月绡，发现对方已经拿起了手术刀，想到待会儿可能看到的血腥画面，她顿时逃也似的离开了手术室。

5

洛希亚怒气冲冲地回到宿舍。刚过晚饭时间，宿舍里其他三个人都在，白凌和她的小跟班周媛媛正一边吃着晚饭，一边凑在电脑前看着什么，时不时发出一阵轻笑声。而蓝黎穿着一件宽松的黑色无袖T恤，搭配宽松的黑色短裤，背对着寝室门，坐在自己的课桌前复习着今天的课业。

洛希亚将包甩到自己的桌子上，在椅子上重重地坐了下来。

听到她的动静，蓝黎回头匆匆扫了她一眼，便又把注意力放回了自己面前的书本上："晚饭放在你的桌子上了。"

"嗯，谢谢。"洛希亚闷闷不乐地回答。

又过了一会儿，复习完书上的内容，蓝黎放下手中的笔，转身将下巴靠在椅背上，看向洛希亚："怎么了？林教授又说你了？"

"这回不关他的事情。"洛希亚嘟囔道。

蓝黎挑了挑眉，满是疑惑："那是谁惹你生气了？"

"没……"洛希亚摆了摆手，原本想说没事，毕竟这次的事情确实是她不对在先，但是只要一想到蔺月绡说她不负责任时那副鄙视的态度，她就觉得咽不下这口气。

她深吸了一口气，转身面向蓝黎："黎黎，你觉得我是一个不认真、不负责任的人吗？"

蓝黎立刻做了一个撸袖子的动作，一脚踩在了自己的凳子上，一派江湖大哥的气势："谁说的？哥们帮你去修理他！"

"蔺月绡。"洛希亚面无表情地回答。

蓝黎脸上霸气的表情瞬间僵住了，她坐直身体，难以置信地问："谁？你说谁？"

"蔺月绡！"洛希亚大声强调。

"蔺医生？你不是被林教授叫去实验室了吗？怎么又遇到他了？"

"说出来你可能不信，蔺月绡是林凯的朋友，未来一段时间内会以林凯的特别助理身份待在实验室……怎么样？惊不惊喜？害不害怕？”洛希亚没好气地说。

“惊喜惊喜，快吓死我了！”蓝黎说着，随即想到了什么，恍然大悟道，“啊——我想起来了，最近学校里的女生们一直说在学校发现了一个灰蓝色眼眸的混血帅哥，还掀起了不小的风波，该不会就是说的他吧？”

“什么时候的事情？我怎么不知道？”洛希亚一脸茫然。

蓝黎嘲笑她：“你怎么会知道？你这几天的精力都花在如何躲避林教授这件事情上了，哪儿还有什么心思注意其他的事情？”

这倒也是。

洛希亚点了点头，没有注意到在她说出“蔺月绡”这个名字时，原本背对着她们的白凌停下了手上的动作。

白凌忍不住回头看向洛希亚，语气硬邦邦地问：“你认识蔺月绡？”

洛希亚有点儿惊奇白凌居然会主动开口找她说话，但她也不是“傻白甜”，自然不会认为对方这是突然开窍，打算向自己主动示好了，更何况白凌那语气一听也不是示好的语气。

“嗯。”洛希亚应道，随即又看向蓝黎，向她抱怨：“哎呀，反正这些不是重点啦，重点是你知道他有多可恶吗？他居然……”

洛希亚滔滔不绝地把在实验室里的事情都说了一遍，浑然不觉被她用一个字打发掉的白凌的脸色越来越差。

蓝黎看了看洛希亚，又看了一眼脸色不太对的白凌。

“你说，他这样可不可恶？简直太讨厌了！”

蓝黎还来不及开口安抚洛希亚，一旁的白凌却先“爆炸”了。

“我看你才是最可恶，最让人讨厌的那个人吧！人家好心救了你，你却在背后说他的坏话，怎么当时就没让那薮猫咬上你呢。”白凌猛地从椅子上站起来，一脸冷笑地瞪着洛希亚。

洛希亚莫名其妙地抬头看向她：“我说他，跟你有什么关系啊？”

闻言，白凌的脸色变得复杂起来，不知道她想起了什么，脸上的表情一会儿甜蜜，一会儿苦涩，最终她只是轻哼了一声，鄙夷地道：“跟我当然没关系，我只是看不上你这种恩将仇报的人！”

白凌说完，不等洛希亚回话，便端着她的餐盒走出了宿舍。

洛希亚目瞪口呆地看着白凌离开的背影，好一会儿才回过神来，弱弱地问蓝黎：“她是不是脑子有毛病啊？”

“那个……小亚，你别生气，白凌她不是故意针对你的，她只是太在意你们刚才说的那个男生了。”坐在一旁一直没有出声的周媛媛终于忍不住开口，为白凌辩解道，她声音软软糯糯的，让人一下子怒火全消。

“在意？她也认识蔺月绡吗？”洛希亚奇怪地挑挑眉。

“我听白凌说，开学前一天她来学校找白校长，在学校待到很晚才离开，在回家的路上差点儿被坏人拖上面包车，幸好一个有着灰蓝色眼睛的帅哥及时出手相助，所以……”周媛媛的声音渐渐小了下去，似乎有点儿不好意思。

“所以，咱们高高在上的白大小姐对他一见钟情了？”想到刚才白凌那个护短的表现，蓝黎颇有点儿不屑地问。

“这段时间，白凌一直在找他，她也是这两天才发现他居然是林教授临时请来的助手。所以刚才听到小亚说他的坏话，她才会那么激动的。”

“原来是这样。”洛希亚咋舌。

啧啧，没想到高傲的白大小姐有一天也会对人一见钟情啊，对象居然还是蔺月绡！哼！

洛希亚想要狠狠鄙夷一番白凌看人的眼光，可是她想来想去，除了蔺月绡今天“痛骂”她的不实言论，居然找不出其他缺点来。

她顿时有些泄气，心里隐隐还有点儿说不清、道不明的滋味。

第五章

小迷糊大乌龙事件

1

初秋深夜，已经接近学校的熄灯时间。

鹿宫大学外的一条小道上，洛希亚正急匆匆地走着。

放学后，因为导师来教室里宣布事情，拖延了一会儿时间，而林凯那边又催得紧，因此洛希亚晚饭都没来得及吃便急忙赶往实验室。没想到所有的事情好像都堆在了今天，从她踏入实验室，手中的活就没停下来，直到林凯提醒她学生宿舍的门禁时间快到了，她才回过神来。

紧接着，她感到无比地累和饿……

“啊——我快要散架了！”洛希亚疲惫地伸了一个懒腰，她强撑着最后一丝体力离开实验室，临走前，蔺月绡向她走来，似乎要跟她说什么，她头也不回地无视了。

哼，她可没忘记，他们现在还在冷战中。

蔺月绡似乎意识到自己说话有点儿过分了，于是这段时间一直找机会向洛希亚求和。

不过洛希亚可没打算这么轻易地原谅他。

洛希亚走在路上，越走越觉得饿，急需吃上一碗学校后街的凉粉才能“续命”。饥饿让她顾不上多想别的，直接抄小路朝校外走去。

小吃街已在眼前，食物的香气远远地飘了过来，洛希亚刚要过马路，突然从小吃街方向的绿化带里冲出一个五六岁的小孩儿。这时，路口的右转灯亮起，一辆银色的私家车疾驰而来，小孩儿却完全没有注意到有危险临近。

等轿车司机注意到小孩儿的存在，踩下刹车时，为时已晚，眼看轿车即将撞上被吓呆在马路中央的小孩儿——

洛希亚的惊呼还没来得及脱口而出，就被下一秒发生的巨变惊回了喉咙里！

电光石火间，绿化带里猛地蹿出一只黑乎乎的动物，如火箭炮一般朝小孩儿冲了过去，小孩儿瞬间被它顶出去好几米远，幸运的是，小孩儿没有狠狠摔在地面上，而是直接稳稳地站在了马路的另一侧，仿佛……是被什么隐形的动物提溜了过去似的。

随后，那只黑乎乎的动物踩着猫步，很快便蹿入一旁的绿化带里消失不见了。

事情发生不过几秒，但在明亮的路灯下，洛希亚清楚地看到了那只黑乎乎的动物是一只猫，而且长着她非常熟悉的四只雪白的猫爪！

被吓蒙的小孩儿好一会儿才回过神来，大叫着跑走了。

洛希亚还沉浸在震惊中，她大脑里乱成一锅糨糊，不停地回想刚才所见的那幕，有点儿怀疑是不是自己累过头，出现了幻觉。一只普通的猫怎么可能顶得动一个五六岁的小孩儿？量级都不是一样的啊！而且还顶出去了五六米远的距离！

嗯，她一定是今天太累了！很可能是她看花了眼。

想着，她又加快了步伐，终于赶在门禁之前买好凉粉回到了宿舍。

门禁时间一到，宿舍的灯都熄掉了，洛希亚用手机手电筒的灯光勉强照明，食不知味地吃完了晚餐，快速洗漱过后，她累得瘫倒在床上，很快陷入了梦乡。然而即使在梦里，那诡异的一幕也没有放过她，梦中，黑猫煤球不仅会飞，还拥有一对翅膀，载着蔺月绡在天空中到处乱飞……

第二天早上醒来，睡眼惺忪的洛希亚坐在床上发了好一阵子的呆。

已经洗漱好的蓝黎见她一脸迷茫，忍不住唤她道："你想什么呢？还不赶紧起床？"

"黎黎，你说一只普通的猫能拖动一个五六岁的小孩吗？"洛希亚突然开口问。

蓝黎拍了下她的腿，催促道："行了，说什么梦话呢？赶紧起床吧，我们该去上课了。"

一听到蓝黎这句话，洛希亚顿时感觉自己回归了现实，她放松下来。

昨天晚上她看到的一切，看来真的只是她做的一场梦而已。她忙昏了头，连现实和梦境都分不清楚了。

这样想着，洛希亚终于打起了精神，下床洗漱，出门上课去了。

不过话虽这么说，这天去实验室帮忙时，洛希亚还是暗中观察了煤球一番。

煤球这个小家伙一直懒洋洋地蜷缩在实验桌上，非常惬意地甩着尾巴。洛希亚又是用逗猫棒，又是用磨牙棒逗弄了它半天，结果它连动都不动一下，更别提敏捷如豹了。

洛希亚摇了摇头，双膝跪在实验桌旁，一手提着裙子的裙摆，一手伸进实验桌的缝隙间，低下头去捡刚才被她不小心扔进缝隙间的磨牙棒。

好几次，她分明觉得自己摸到了磨牙棒，可总差那么一点儿的距离，就能把它拿出来。她只好把身体又趴低了一些。

这时，手术室的门“咔嚓”一声被打开了，蔺月绡和林凯从里面走了出来，两个人似乎是在商讨实验结果，林凯说：“看来真是受到了那个能量的影响，我们现在怎么办？”

这段时间，蔺月绡和林凯神神秘秘的，虽然洛希亚有心一探究竟，但作为一个“学渣”，他们研究的那些奇奇怪怪的东西，她一点儿也看不明白。

一听到林凯的声音，洛希亚吓得赶忙从地上爬起来，生怕林凯以为她开溜出去，变本加厉地分配给她更多的工作。

她刚从实验桌下站起来，就听到蔺月绡沉着的声音：“让煤球去吧，它……”

说话间，两个人注意到洛希亚的存在，被她的“突然出现”吓了一跳，蔺月绡说到一半的话停了下来。

蔺月绡蹙着眉头问：“你躲在桌子底下做什么？”

此刻洛希亚脑子里只有“煤球”两字，因为昨天晚上那场奇怪的“梦”，她现在对煤球的任何事情都无比关心。

她急切地问：“你刚才说让煤球去做什么？”

林凯将身体倚靠在实验桌旁，似笑非笑地看着洛希亚。

蔺月绡看了一眼正蹲在实验桌上舔毛的煤球，无辜地回答：“我的意思是让它去玩吧，反正它在实验室里也没什么用，还要时刻担心它弄翻了实验材料……”

说话间，他走到实验室的门口，打开门，唤道：“煤球。”

只见刚才还懒洋洋的，似乎对什么都不在意的煤球，立马撒欢似的溜了。

“你是怎么了吗？为什么突然这么问？”等煤球的残影消失不见，蔺月绡扭头看向洛希亚。

“没……我……我……”洛希亚紧张地看了一眼蔺月绡，又看了一眼正双手环胸仿佛看透一切的林凯，急中生智道，“我刚才是拿逗猫棒和磨牙棒逗它，它怎么都不动嘛！所以想看看你们叫它去做什么，看你能不能叫动它……”

蔺月绡脸上看不出喜怒：“是吗？”

“哦，原来是这样啊。”林凯的脸上依然似笑非笑的，让洛希亚有些心虚。

洛希亚抬手摸了摸脖子，像是证明自己没有撒谎似的，又补充了一句：“真的，你们出来时，我正在找掉到桌子底下的磨牙棒呢！”

2

昨晚的事情果然是自己做的一场梦！

不知道是第几次，洛希亚在心中这样想着，然而越这么想，她越觉得有什么地方不太对劲。

“你在想什么呢？一整天都心不在焉的。”身旁的蓝黎推了推她，满脸担忧。

此刻，她们正在学校的后街。

傍晚时分，夕阳似火般悬挂在后街道路的尽头，将整条街都渲染成橙黄的颜色。天气还有点儿热，却阻挡不了大家出来觅食，街上到处都是学生，两旁的商铺忙得热火朝天。

洛希亚和蓝黎两个人站在一个卖煎饼果子的小摊前，等着老板摊饼。

洛希亚被蓝黎推了一把，恍惚地看向蓝黎：“我总觉得有点儿不对劲……”

“什么不对？”蓝黎接过老板递来的零钱，随手塞进短裤的口袋。

“昨天晚上，我好像做了一个梦，然后我今早问你……”

不等她说完，蓝黎便打断了她，并伸手接过老板递来的煎饼果子：“行了，你还沉浸在梦里呢？”

“可是……”

“别胡思乱想了，我看你是这段时间太紧绷了，放松点儿……正好我刚收到兼职工资，今天你想吃什么，我都请你！”蓝黎一边豪气地说着，一边将手中的煎饼果子一分为二，分给洛希亚一半，随即又拉着她朝烤鱿鱼的摊子走去。

“真的吗？小心我吃穷你！”一提起吃，洛希亚的注意力立马被转移了。

两个人一直从街头吃到了街尾，最后肚子胀得实在受不了，才在街边的长凳下坐下来休息。一群小孩儿在不远处的小广场上嬉闹，大家你推我、我推你的，洛希亚起初并没有在意。

直到一个小孩儿突然大声叫嚷起来："我没有撒谎！我昨晚真的在这里被超人救了！"

洛希亚顿时瞪大了双眼，抬起头。

她一眼认出了小孩儿身上的衣服，正是她昨晚梦中的那个小孩儿。小孩儿正激动地抬手指向昨晚她梦到煤球救下小孩儿的路口。

等等……难道昨晚的一切并不是她在做梦？

小孩儿们争吵了起来。

"胡说，那你怎么会不知道超人长什么样？"

"对啊！对啊！你这个撒谎精！"

被众人诘问的小孩儿涨红了脸颊："我不是撒谎精，我说的都是真的……当时我太害怕了，回过神来的时候他已经不见了，但是我知道，那一定是超人！"

"昨晚那么晚，你爸妈怎么可能放你出来乱跑？"

"我……我跟爸爸出来吃夜宵，他们在那边的店里喝酒，我在店外面玩耍，溜溜球不小心滚出去了，我就去找溜溜球，然后……"

接下来的话，洛希亚已经不需要听下去了。

她终于意识到，昨天晚上发生的事情并不是她的梦！那一切是真的……

煤球并不是一只普通的猫！

洛希亚想到它的种种奇怪之处——它身为猫却不爱吃鱼；它好像能听懂人类的话语；上次在她家，蔺月绡叫它追贼，它就真的去追贼，而且从二楼直接跳下去毫发无损，还转瞬没了踪影；还有今天蔺月绡说的那句"让煤球去吧"，现在想来，绝对不可能只是让它出去玩那么简单。

联想到生物研究中心发现的动物残骸，当时专家们说发现有基因改造的痕迹，如果……如果煤球是一只被改基因改造过的猫呢？

为了验证自己的猜测，洛希亚决定从煤球身上找突破口。

如何证明一只猫不是一只猫呢？这个问题对洛希亚来说有点儿困难。

随后几天，她除了会用若有所思的目光盯着煤球外，还时不时带一些奇奇怪怪的“玩具”逗得煤球四处逃窜，更是制造一些小意外，比如说把装了水的水杯不小心从煤球的头上倒下来，又或者用箱子将煤球盖住，在上面放置重物……

她弄得煤球惨叫连连，却什么也没得到证实，还害得蔺月绡屡次用视线朝她“唰唰唰”地发射冷箭。

洛希亚只好改变策略，开始想办法从煤球身上弄到它的血液、体表组织什么的，然而作为一只机敏的猫，煤球怎么可能让她得逞……

一时间，实验室里鸡飞狗跳。

最后，就连林凯也无法忍受，明令禁止道：“实验室不准撸猫！”

洛希亚无奈，只能再想其他办法。

这天，她被林凯留在实验室，正垂头丧气地打扫着卫生，却无意间从煤球常待的实验桌下扫出了一小撮猫毛。

想到猫毛也是可以拿去鉴定的，洛希亚瞬间兴奋了，这时忽然从身后传来蔺月绡的声音：“捡到宝贝了，这么兴奋？”

洛希亚下意识地握紧手中的猫毛，将其藏到身后，支吾道：“没……没有，什么都没有，你……你不是下班了吗？怎么又回来了？”

“忘记东西了，回来拿一下……”说着，蔺月绡回到自己的办公桌前，拿起一沓资料。

洛希亚全程对蔺月绡行注目礼，蔺月绡找到资料后，转身朝外走去。洛希亚刚松了一口气，没承想他再度回头，像要确认什么似的，看着洛希亚：“真的什么都没有？”

“没有没有。”洛希亚连忙摇头。

“那好吧，没什么事情的话，你也早点儿回去休息吧！”蔺月绡脸上露出一抹高深的笑容来。

沉浸在喜悦中的洛希亚并没有发现，她只顾忙不迭地点头：“好的，再见。”

“喵——”原本高高盘在柜子顶端的煤球，看到洛希亚鬼鬼祟祟的动作，忍不住发出了一声短促的叫声，像是在嘲笑这个人类的愚蠢。随即，它才在洛希亚抬头的瞬间，优雅地跳下柜子，朝蔺月绡离开的方向追了过去。

洛希亚目送着小东西离开，然后小心翼翼地将那一小撮黑色的猫毛用纸巾包起来，郑重其事地收进了自己的书包里，胡乱打扫一番后，急匆匆地离开了实验室。

回到宿舍，见宿舍里只有蓝黎在，她立刻鬼鬼祟祟地拿出用纸巾包好的猫毛，递给蓝黎，小声说：“黎黎，帮我化验一下这撮毛发吧？”

“这是……”蓝黎狐疑地看了一眼黑色毛发，一副不敢置信的神情，她伸手捻了捻，“如果我没有看错的话，这是猫毛吧？”

洛希亚点点头，拉着蓝黎衣服的下摆摇晃着：“这件事情我一时半会儿也说不清楚。黎黎，拜托你帮我化验一下，好不好？”

“好好好……你别再晃了，我的衣服都快被你扯坏了。”蓝黎连忙答应，这才勉强救回了自己的衣服，“你具体想要化验什么成分？”

“都要，你帮我看看所有的数据，看看有没有什么奇怪的地方。”

几天后的傍晚，洛希亚从实验室回来后，例行询问蓝黎：“黎黎，化验结果出来了吗？”

“出来了。”蓝黎无奈地点头，这几天她已经被洛希亚缠得没脾气了。

洛希亚迫不及待地追问：“怎么样？”

“结果证明——”蓝黎故意拖长了语调，在洛希亚越发期待的目光中，揭晓了答案，“煤球是一只特别健康的猫……不是，小亚你最近神神道道的，到底在干什么呢？你要说想给煤球来个亲子鉴定，我都不奇怪，结果你就给我一撮毛，你是想要证明什么？”

洛希亚眼中的光芒瞬间黯淡了下去，她想了想，到底还是不死心，忍不住弱弱地问：“真的一切数值都正常？你仔细看了吗？有没有可能……”

“没有可能！”蓝黎毫不留情地打断她，“除了钙、铁、锌这些微量元素偏高，其他一切正常。这也只能说明，它营养状态不错……”

洛希亚顿时如霜打的茄子——蔫了。

看来真的是她想的太多。

煤球只不过是天赋异禀，神力超人……

3

不知道是不是蔺月绡和林凯说了什么，洛希亚总觉得这阵子实验室的手术有点儿多，每回他们还必点洛希亚过去打下手，遭到她的强烈抗议后，两个人还可恶地表示："你这样抗拒是没有用的，现在吐总比你以后主刀的时候吐好吧！"

"来吧，来吧，多吐两回就习惯了！"

"任何困难都是可以克服的，你要相信你自己！"

相信个鬼啊！这种事情是用相信和克服就可以解决的吗？

洛希亚有苦难言，不过不知道是不是真的免疫了，她最近似乎快吐习惯了。

因为林凯任职的格非生物集团有项目正在进行，这天晚上，洛希亚又一次工作到快半夜才回到宿舍。洛希亚像一具尸体似的瘫在床上，她哼哼唧唧地跟蓝黎抱怨起来："黎黎，我快要死了！我明天绝对、绝对不要再去实验室了，谁来叫我，我也不去……我快被那两个疯子折磨死了！你知道他们俩多恐怖吗？我们从两点开始一直做实验，中间就没休息过，晚饭都是叫的外卖，还是分了好几次才吃完的……"

此刻宿舍已到了熄灯时间，室内亮着几盏充电式台灯，大家仍旧在慢吞吞地做着自己的事情。

蓝黎正对着台灯的光坐在书桌前涂抹护肤品，听到洛希亚的话，她眼皮也不抬地吐槽："行了行了，你这话从大前天就开始说起了，结果每次事到临头，林教授一个电话、一条微信，你还不是屁颠屁颠地过去了？"

"我……"洛希亚被噎住了，她猛地从床上抬起头，像回光返照似的，伸出脑袋看向床位位于侧下方的好友，认真道，"这次我是认真的，再这样下去，我会过劳死的。实在不行的话，我就去校长办公室告他虐待童工……"

不知道想到了什么，蓝黎扑哧一声笑出了声，她把护肤精华抹在脖子上，这才站起来，看向上床的洛希亚：“行了，你可别再抱怨了！要是学校里那些林教授和藺助教的‘迷妹’知道你身在福中不知福，该对你羡慕嫉妒恨了！”

“谁要是有自虐倾向，想要这样的机会，我拱手奉上还不行吗？”洛希亚翻了个身，仰面看向昏暗的天花板。

听到她的话，原本站在对面桌下收拾衣服的白凌顿了顿手上的动作，不知道想到了什么，她的脸上出现了深思的表情。

“怎么能说是自虐倾向呢，其实我觉得林教授和藺助教人都挺好的呀。好吧，除了林教授偶尔有点儿毒舌之外。小亚，你这是对他们有偏见……”

“我这还叫偏见？那请问什么叫不偏见啊？”洛希亚怪叫。

几天后，林凯终于良心发现，在傍晚决定放松一下，请他们喝饮料。洛希亚跑去小卖部买了奶茶回来，就见白凌正站在实验室外面的走廊上，林凯则面无表情地站在她的面前。

“她怎么会在这里？”洛希亚一阵奇怪。

要知道，白凌所读的医学院和洛希亚所读的动物医学并不在一块，实验楼更是相距很远。洛希亚好奇地站在走廊拐角的楼梯口，进也不是，退也不是……

夕阳斜斜地穿过窗户，照在两个人的脸上，仿佛撒上了一层金粉。他们男的帅，女的靓，如同一幅和谐的油画。

如果不是他们两个人的性格都让洛希亚一言难尽，她大概是要忍不住赞叹一番的。

“你不是本专业的学生，不符合我们实验室助手的要求。”

林凯靠在门边，懒洋洋地翻着手中的一张纸，随即才抬眸看向站在自己身前的女孩，一副爱答不理的模样。

白凌想来实验室当助手？但她不是一直都很看不起动物医学专业吗？

洛希亚摇了摇头，实在搞不懂白凌的想法。

“虽然我不是本专业的学生，但是我相信以我的能力完全可以胜任这份工作。”白凌穿着一件黑色波点的丝绸衬衫，搭配酱红色的鱼尾裙，脚上踩着七厘米的高跟鞋，昂着头看向林凯。

洛希亚最近听周媛媛说起才知道，白凌居然是微博上有名的时装博主，难怪她每次穿出来的衣服都那么好看。

洛希亚曾暗中去白凌的微博主页看过，结果发现白凌的微博人气很高，而她推荐的衣服里，居然有很多是出自苏铎朵的工作室。

想到最讨厌自己的白凌居然是自己闺蜜苏铎朵的客户，洛希亚心情有些难以描述。

白凌身为校长的孙女，又是学霸和校花，她的态度从来都是高高在上的，哪怕是像现在这样求人的时刻，她的语气中也无法遮掩那股施恩似的骄傲。

洛希亚偷偷看向一旁的林凯，果然，一向没有耐心的大魔王微微勾起了嘴角。

洛希亚在心中暗暗叫道，看来白大小姐这次要踢到铁板了。

愿佛祖保佑她吧！

“既然你这么自信，那要不这个实验室让给你，你来？”林凯说出的话毫不客气。

白凌的脸色顿时变得难看起来，从来没人这么呛过她，看在校长的面子上，所有人对她都是客客气气的。

洛希亚虽然不喜欢白凌，但是两个人好歹是室友，而且她亲眼看到林凯将人骂哭，她可不想待会儿去安抚哭唧唧的白凌。想到这里，她连忙从楼梯口走出去，试图缓和气氛。

结果她刚走出来，就听到白凌愤愤不平的声音：“如果让我留下来的话，肯定比洛希亚那个笨蛋强的。再说了，她自己都说你们虐待她，不想再在实验室待了，既然这样，为什么不能把这个机会留给需要的人……”

洛希亚万万没想到白凌居然偷听了她跟蓝黎的对话，还在大庭广众之下将它说了出来。

她知道白凌是想要借此靠近蔺月绡，但是……就算这样，白凌有必要“踩”她吗？

虽然她吵着闹着表示不想来实验室已经不是一回两回了，最开始当着林凯的面也不知道说过多少次，但那只是她抱怨而已，并没有真的不想啊。

如果说她以前对白凌只是敬谢不敏，那么现在，她是真的有点儿讨厌白凌了。

洛希亚尴尬地站在走廊里，正琢磨着怎么开口向林凯解释，实验室的门忽然从里面打开了。

穿着白大褂的蔺月绡从实验室里走了出来，他脸色不善地看了白凌一眼，随即拿过林凯手中的纸：“白凌同学是吗？我不知道你跟洛希亚有什么过节，她不想继续在实验室做了，可以自己开口，不需要你帮她说出来……另外，先不说你的专业，我觉得你这样的性格就不适合待在我们实验室。”

没想到蔺月绡会为自己说话，洛希亚顿时觉得心里暖洋洋的。

而此时白凌的脸色已经不是用苍白可以形容了。

“那个……我不是这个意思……”白凌下意识地看了蔺月绡一眼，似乎想为自己辩解什么。

林凯打断了她：“白同学，我这里是工作的地方，如果你想谈情说爱，请去别的地方。”说完，他若有深意地看了蔺月绡一眼，一副凡事都瞒不过他的火眼金睛的模样。

在这样的对峙下，满脸羞愤的白凌怒气冲冲地转过身，看到洛希亚站在不远处，她狠狠瞪了洛希亚一眼。

洛希亚缩了缩肩膀，小声嘀咕：“关我什么事啊，我才是无辜躺枪的那个人好吗？”

等到白凌的身影消失在了楼道口，洛希亚回过头，发现刚才还一致对外的两个大魔王，此刻把视线直直对向了她。她忍不住打了一个寒战，突然有种拔腿就跑的冲动。

她还没来得及撤退，林凯已经“和蔼”地笑了起来，一步步朝她逼近：“我们虐待你，你再也不想待在实验室了？”

洛希亚被林凯逼得几乎贴到了墙壁上，她嗫嚅地解释：“对……对不起，我不是真心的……”

下一秒，林凯一声暴喝：“说！你还说我们什么坏话了？”

洛希亚被他吓得差点儿摔在地上，她颤抖着说：“没……没有了。”

“真的？”林凯微微眯起双眼，再度朝她逼近。

洛希亚已经退无可退：“真……真的……”

林凯微微倾身，在洛希亚越发惊恐的目光中，一把抢走了她手中的饮料袋子，扬长而去：“哼！既然你觉得我们虐待你，那为了坐实你的控诉，今天的饮料你就别喝了，收拾实验室器材的事情也由你一个人搞定。还有，周末的义诊，你一个人清理犬舍吧！”

洛希亚一声惨叫：“对不起，我错了！”

这个周六，动物医学专业组织去动物基地给小动物免费义诊，由林凯和蔺月绡带队，虽然这次活动秉承的是自愿的原则，然而作为林教授的苦命小助理，洛希亚根本没有拒绝的余地。

原本，洛希亚申请的是清扫温柔的小猫们的猫舍，而现在，她想到要一个人清扫所有的犬舍，突然感到一股深深的绝望。

蔺月绡端着饮料站在原地，一派神秘莫测，在洛希亚忍不住又开始心惊胆战的时候，他才终于幽幽开口：“你有什么想要解释的？”

“我……她说的是真的，那些话确实是我说的。”洛希亚坦诚道。

蔺月绡没再多说什么，只是深深地看了她一眼，也转身回了实验室。

他这样的沉默却让洛希亚更加内疚了。

4

周六是个难得的阴天，北风吹得人很舒服，然而一想到林凯的要求，洛希亚怎么也开心不起来。

让洛希亚意外的是，动物免费义诊的活动上白凌居然也在。她原本以为，经过那天的事情，白凌近期应该都不会再凑过来。

不过，因为是义务劳动，秉持的是自愿原则，所以任何人都可以报名。

负责人点名确认所有人都到齐后，两辆中巴车便浩浩荡荡地朝动物基地开去。

林凯和蔺月绡作为带队人员，分别坐了不同的车，而洛希亚和白凌被分配到了蔺月绡所在的车上。

这次来的女生格外多，虽然蔺月绡和林凯都属于非常出色的类型，但是林凯毒舌的性格无形中为他挡掉了不少“桃花”，因此蔺月绡更受欢迎。

洛希亚跟着队伍上了车，只见身旁有空位的女生们此刻都一脸期待地盯着车门，洛希亚摇了摇头，正打算随便找个熟人一起坐下，却突然被人一把拉住了手臂：“洛希亚，你跟我一起坐。”

洛希亚被蔺月绡强硬地拉着坐进了仅剩的一排还没有人坐的座位上，感受到来自四面八方的刺人视线，她心里直叹气。

“现在车上的女生肯定都恨死我了。”她半真半假地瞪了蔺月绡一眼，轻声抱怨。

“怎么能说恨呢？她们最多是羡慕。”蔺月绡从口袋里掏出耳机，插在手机上，准备听歌。

洛希亚看了他一眼，回嘴道：“您可要点儿脸吧！”

“谢谢夸奖。”蔺月绡漫不经心地戴上了耳机。

见蔺月绡戴上了耳机，女生们的议论声立刻变得肆无忌惮。

“怎么又是她啊？到哪儿都能看到她缠着我们蔺助理，他们到底是

什么关系啊？”

“你不知道她吗？她就是那个实践课考试考了‘鸭蛋’，后来走关系让林教授特别关照的洛希亚啊！”

“原来就是她啊！可是为什么蔺助理看起来跟她那么亲密？他们很熟吗？”

汽车朝前驶去，从斜后方一直传来一道芒刺在背的视线，洛希亚忍不住回头，看见白凌正一脸怨恨地看着她。

见洛希亚回头，议论声低了下来：“这我就不知道了，不过不是说白凌跟她一个宿舍的吗？白凌应该比较清楚吧！”

随即有人去问白凌：“白凌，洛希亚真的是你室友吗？她跟蔺助理什么关系啊？”

只听白凌微微提高了音量，故作淡定地回答：“对。蔺助理跟她能有什么关系，她不过是仗着与蔺助理在同一个实验室里工作，费尽心机找存在感罢了。嘴里一边抱怨着林教授和蔺助理虐待她，一边又在他们面前装可怜、装无辜……”

“真的吗？她这么讨厌的……”

“当然是，你们啊，就是太单纯了！”

“我之前不是也想去实验室帮忙吗？结果她不知道在林教授面前说了我什么坏话，结果害得林教授现在特别讨厌我！”

“她太卑鄙了！怎么能这样？”

虽然隐隐听到女生们在议论自己，但洛希亚并没有在意，自然也不知道，在白凌的刻意抹黑下，她已经变成了一个恶毒又心机深沉的人。

到了动物基地后，女生们看向她的眼神已经彻底变了。

动物基地的动物主要以猫狗为主，大多数是被人发现后救助的流浪动物，没有人愿意收养的动物被送到这里，有人愿意收养的也可以去基地办理领养手续。还有很多被遗弃的动物则会一直待在动物基地，直到它们死去。

因为洛爷爷是一个会不断把猫猫狗狗捡回家的爱心人士，故而洛希亚对于流浪动物可能会患有的毛病非常清楚。到达基地以后，众人先给猫猫狗狗们看诊，把最重要的事情完成后，再开始清扫猫舍、犬舍，以及帮工作人员给动物喂食等。

虽然嘴上抱怨着林凯和蔺月绡的暴行，但是洛希亚到了基地以后，却是干活最卖力的一个。

基地准备了很多给志愿者使用的白大褂，工作开始前，洛希亚特意挑选了一件因为胸口破掉，用刺绣缝补了一颗草莓在布面上的白大褂。

林凯和蔺月绡都已经习惯与洛希亚搭档了，所以上午看诊的时间里，洛希亚一直像个陀螺似的，围绕两个人转。

“小亚，麻烦给我酒精……”

“小亚，带来的驱虫药在哪儿？”

“洛希亚，剪刀！”

“洛希亚，给我绷带……”

这让原本想尽办法靠近蔺月绡的白凌越发眼红，她忍受着这些畜生身上难闻的气味，结果所有的好处全都被洛希亚占去了。她想不明白，明明自己样样都比洛希亚优秀，为什么却不管是林凯还是蔺月绡偏偏都爱护着洛希亚？

想来想去，白凌觉得一定是洛希亚使用了什么卑鄙的手段，她对洛希亚越发的憎恶。

她忍不住握紧了口袋里的东西，心里暗暗发誓，一定要让洛希亚为自己所做的事吃苦头。

因为基地里的动物有毛病的比他们想象中还要多，原本以为上午就能忙完的看诊，一直拖延到了下午两点，午休时间众人都只匆匆吃了泡面或者自带的干粮果腹。

趁着大家午餐，负责的同学把下午的安排报了下：“咱们需要给宠物洗澡人员一组，给宠物们煮食一组，打扫猫舍一组，打扫犬舍两组，接下来，我来报每组的人员安排……”

洛希亚被安排在了猫舍那一组，她奇怪地看了林凯一眼，对方正大口吃泡面，似乎早把之前赌气说让她一个人清扫犬舍的事情忘得一干二净了。

吃过干粮后，洛希亚草草套上午餐时脱下来的白大褂，刚准备进猫舍，身旁一个小姑娘害怕的样子忽然引起了她的注意。

“她怎么了？”洛希亚奇怪地问道。

“刚才组长跟我们说，我们被分配到了大型犬舍，但是她有点儿害怕大型犬……”小姑娘的同伴无奈道。

洛希亚看了一眼小姑娘，小姑娘看上去身形娇小，柔柔弱弱的，确实是站在大型犬面前会感觉到压迫的类型。

洛希亚想了想，开口说：“这样吧，我跟你换一下，你去猫舍，我去犬舍好了，我不怕狗。”

“真的吗？”小姑娘立刻惊喜地抬头看向洛希亚。

洛希亚点点头，小姑娘感激地握住了她的手：“谢谢你，你人太好了。”

“你……”听到洛希亚打算去犬舍的消息，白凌的脸上闪过一瞬间的惊慌，她张了张嘴，似乎想要叫住洛希亚，却到底还是没开口。

洛希亚负责清扫的犬舍里关了四条大型犬，其中两条是看不出品种的杂交狗，一条据说是基地负责人放在这里的英格兰牧羊犬，另外一条是黑色的纯种中华田园犬。

洛希亚清扫露天部分的时候，狗狗们还亲热地来蹭她的腿，在她身旁跑来跑去……

“别闹，乖乖等我打扫完，这样你们才能住得干净又舒适……”洛希亚一边挥动着扫把和簸箕，把地上的粪便清理干净，一边分神地摸摸它们的脑袋。

见状，狗狗们的尾巴摇得更加欢快了。

然而等到她清扫完露天部分，回到室内的时候，原本乖巧的狗狗们开始变得不对劲。它们原本欢快的追逐变了味道，身体变得绷紧，发出了像是受到了威胁的低低叫声。

彼时，洛希亚正弯腰清理着有些发潮的毯子，打算待会儿拿出去，再换一块干净的毯子进来，她听到狗狗们的呜呜叫声，只以为它们是在撒娇，嘴里喃喃念叨："好了好了，马上就好了，等姐姐打扫完，就陪你们玩好不好？"

她站直身体，转身继续清扫时，这才发现不知道什么时候，自己被团团围住了。

狗狗们伏低了身体，龇着牙朝她发出威胁的低吼声，不仅是它们，旁边犬舍里的狗狗们也像受到了什么刺激似的，朝她狂吠。

洛希亚僵住了手脚，那天晚上被野狗追的记忆瞬间复苏，她努力告诉自己要镇定，一边慢慢往犬舍的出口后退，嘴里安抚着："你们突然这是怎么了？乖啊，不要乱叫，我不会伤害你们的……"

电光石火间，洛希亚在心中想了各种紧急预案，她刚想提醒其他正在犬舍里的同伴们要小心，然而她的动作就像摁下了某种开关，四只狗瞬间动了起来。

"汪汪汪汪——"

伴随着疯狂的吠声，四只大型犬龇着牙，迅猛地朝她扑了过去。

"哇啊，救命——"洛希亚吓得尖叫起来，以生平最快的速度朝犬舍的围栏上方爬去。

然而犬舍下方的围栏虽然是砖头砌成的，上方却是围了一圈铁丝网。

这样的设计原本是为了防止狗狗们跑出去，此刻却也阻断了洛希亚逃跑的可能。

一时间，狗狗们的狂吠声在犬舍里此起彼伏。虽然洛希亚在第一时

间抓住了铁丝网，爬上了红砖砌成的墙壁，但是这样的距离却远远无法阻挡大型犬的攻击，它们只要立起身体就能立刻咬到她的脚。

“走开！走开！啊啊啊——救命！”洛希亚只能一边抓着铁丝网，一边扯着嗓子尖叫。

周围的同学听见呼救声很快围了上来，但是看着发狂的大型犬，没有一个人敢过来。

“走开——你滚开！”洛希亚强忍着眼泪，原本抓在铁丝网上的手指也逐渐没了力气。

她知道，只要她松开手，绝对会受到无法预料的伤害，然而坚持下去又能怎么样呢？没有人敢来救她……

绝望之下，洛希亚的双手终于彻底失去了力气。

“啊——”

在众人的惊呼声中，洛希亚被四只狗拖拽到了地上，她绝望地闭上了双眼。

就在这时，“砰”的一声，原本紧紧关着的犬舍门被人撞开了。

5

洛希亚惊讶地睁开了双眼，只见穿着白色大褂的蔺月绡逆着光站在犬舍门口，犹如神祇天降一般。他动作极快地冲了过来，白色的大衣在空中掠出一道残影，以一个等待攻击的姿势挡在了洛希亚的前面。

刚才还非常疯狂的狗狗们立刻像感受到了巨大的威胁似的，停止了狂吠，变得呜咽不止，慢慢朝后退去。

在它们退缩的时候，蔺月绡大跨步靠近它们，他不知道做了什么，四只狗忽然晕倒在了地上……

洛希亚站在他的身后，只看到他快速靠近了四只狗狗后，双手在它们身上拂过。不知道是不是错觉，他的手拂过狗身体的瞬间，洛希亚隐约看到他的指尖有银白色的光芒闪过。

“你没事吧？”蔺月绡的声音在耳旁忽地响起。

不知道什么时候，蔺月绡已经蹲在了洛希亚的眼前，看着蔺月绡那双灰蓝色的眼眸中承载着的关心，洛希亚再也控制不住心中的害怕，扑进他的怀中号啕大哭起来。

蔺月绡轻叹了一声，好一会儿，他才僵硬地回抱住她，手在她的后背轻轻地拍了起来：“别害怕，它们已经威胁不到你了。”

“别哭了……”

蔺月绡的声音前所未有的温柔，让洛希亚紧绷的情绪逐渐缓和了下来。这时，她才察觉到周围响起的窃窃私语，站在犬舍外面围观的学生们正望着他们低声议论。

想到自己刚才的行为，洛希亚突然觉得好丢脸。她打着嗝抽噎着，掩耳盗铃地将脸埋在蔺月绡脖颈里，不知道该如何面对其他人。

林凯闻讯赶了过来，看到犬舍内相拥的两个人，又看了一眼围在犬舍外看热闹不嫌事大的学生，愠怒扬声道：“看什么看什么？都去做自己的事情去，今天要是预计的任务没有完成，你们谁也别想着回家了！”

林凯在学生中向来有威严，众人听到他的话后，瞬间作鸟兽散了。

又在蔺月绡怀中躲了一会儿，直到不再抽噎打嗝，洛希亚这才不好意思地离开他的怀抱。

“对不起，弄脏你的衣服了。”洛希亚尴尬地看着蔺月绡敞开的白大褂里面，被自己的眼泪浸得颜色明显深了一块的灰色 T 恤。

“没关系，你没事就好。”蔺月绡轻声说道，他站起来，朝她伸出了手，“起来吧！”

想到自己刚才失控的样子，洛希亚突然觉得有点儿不好意思，她低头避开他的视线，想要自己站起来，可是才一动，她便又不由自主地呻吟着再次跌坐回了地上。

“怎么了？是伤到哪儿了吗？”蔺月绡紧张地看向她的双腿。

在蔺月绡急切的眼神中，洛希亚不好意思地小声回道：“我……好像腿软了。”

听闻，蔺月绡高悬的一颗心终于放了下来，他轻笑一声，旋即在洛希亚窘迫的眼神中，弓身将她抱离地面。

“喂——”洛希亚惊呼，“你放我下来，我自己可以走……”

“你确定？”

“我……我休息一会儿就好了。”

“别动！如果你不怕那些狗待会儿醒过来再发狂的话，我就放你下来……”蔺月绡开口威胁道。

洛希亚吓得一个哆嗦，不敢再吱声了。

蔺月绡横抱着洛希亚离开了犬舍，出门时，洛希亚看到了面色惊慌的白凌一闪而过。

洛希亚被蔺月绡抱到了基地工作人员的办公室里。这个时间，办公室里只有他们两个人，洛希亚情绪平静下来后，越发觉得尴尬，只想赶快离开这里。

蔺月绡似乎并没觉得有什么，他一派泰然自若，冷静地发问：“你得罪了什么人吗？”

“什么？”

蔺月绡叹了口气：“难道你以为这次的事情只是偶然吗？”

他这样一说，洛希亚忽然觉得一阵毛骨悚然：“你是说，那些狗发狂是有人故意设计的？”

“目前来看，应该是这样。”

检验的结果验证了蔺月绡的话，洛希亚穿的白大褂上带有会导致动物发狂的化学成分。

得知后，洛希亚的心凉了半截。

到底是谁？那个人为什么这么做？对方就这么恨自己吗？她平日里和同学关系向来融洽，真要说起来，近期唯一闹过不愉快的只有白凌。

可是，就因为那点儿不愉快，白凌会下这么狠的手吗？

洛希亚不敢置信。

然而想到被蔺月绡从犬舍里抱出来时，她看到白凌那一闪而过的惊慌的脸，以及在听到自己跟怕狗的姑娘换组清扫狗舍时，她欲言又止的神情，洛希亚没办法不怀疑她。

难道真的是白凌？

想到这里，她心中越发堵得难受，当即决定要找白凌问个清楚。

洛希亚抓起那件染了化学药剂的白大褂朝厨房走去，白凌被分配到了喂食组，此刻在厨房里负责煮动物的晚餐，空气中弥漫着一股说不上来的怪味。

在厨房的水池边，洛希亚找到了正在清洗白菜的白凌，她一把抓住白凌的胳膊，语气强硬地问道：“这件衣服上的药水是不是你洒的？”

听到洛希亚的话，原本在厨房各个角落忙碌的几个人纷纷停下了手上的动作，看向她们。

白凌被洛希亚的行为吓了一跳，她嘴唇颤抖着，一把拍开洛希亚的手：“放手，我不知道你在说什么。”

“你真的不知道？”洛希亚怀疑地盯着她，将手上的白大褂举到白

凌的面前，一字一顿地说，“蔺月绡说，那些狗之所以会突然发狂，是因为有人在我穿的白大褂上洒上了会导致狗发狂的药水……”

白凌咄咄逼人地反问：“虽然不知道你到底在说什么，但是……你凭什么说这一切是我做的？你亲眼看到了吗？有证据证明是我做的吗？”

“我也希望不是你……”洛希亚叹了一口气，在白凌失神的瞬间，转身往外走去。

其实她很清楚，不管是不是白凌做的，白凌一定会否认，然而此刻，听到白凌的否认，她心里反而松了口气。

或许是因为，她们两个人的关系虽然不好，但她还是希望自己认识的人不那么可怕吧。

跟在洛希亚身后的蔺月绡目睹了两个人的对质，不知道想到了什么，目光变得深沉起来。他伸手拍了拍洛希亚的肩膀，与她并肩离开。

离开前，他回头看了厨房中的白凌一眼，眼里闪过思索的情绪。

随后，因为经历过惊魂事件，洛希亚被留在办公室里休息，其他学生则照常工作。林凯在犬舍里处理那四只发狂的大型犬的善后问题，而蔺月绡独自把白凌叫到基地外面的茶树林里。

太阳西斜，茶树林里一片幽暗，偶尔有星星点点的光穿过树叶洒落下来。

“你……你找我有什么事情吗？”看着面前的蔺月绡，白凌在心中猜测着他叫自己出来的用意，不禁暗藏期待。

因为要来基地，蔺月绡今天穿了一件发旧的 T 恤，即便是这样，在一群年纪相仿的男生中，他依然是最亮眼的那一个。尤其那双仿佛宝石一般的灰蓝色眼眸，每当他用那双眼眸温柔地注视着别人的时候，总让人不禁沉溺其中。

然而此刻，那双让她着迷的眼眸中只剩下了寒潭一般的情绪，白凌心中原本的那点儿少女的小情绪也逐渐退去，只剩下了忐忑。

蔺月绡面无表情地说："中午路过休息室时，我看到你了。"

白凌心中一惊，眼神顿时变得慌乱，但她依然装傻道："我不明白你在说什么。"

"你知道的。"蔺月绡定定地注视着她。

一上午，洛希亚都在接触猫猫狗狗，却什么事情都没有发生，偏偏就在下午她进入犬舍后发生了这种事情，只能说明别人在她衣服上弄上药水的时间是在上午之后，而洛希亚身上的白大褂只有中午吃饭那会儿被脱下来过。

而中午时，蔺月绡路过休息室时，刚好看到白凌在里面，当时她手里拿着一件白大褂，正朝衣服里放什么东西，当时他只以为是白凌吃完饭了，把什么东西放进自己的白大褂里，现在想起来，很显然不是。

因为当他仔细回想时，忽然忆起那件白大褂上带有红色的点点，可不就是洛希亚白大褂上的草莓补丁吗？

上午，班上的同学打趣洛希亚的白大褂与众不同，洛希亚还特别得意地声称是因为自己特别。

"我不知道……我没有做过的事情，你别想让我承认。"过了好一会儿，白凌强自镇定地回道，然而心中那份羞耻感快要让她窒息了。

"我现在找你出来也不是为了逼你承认，反正大家心里都有数。只是，我警告你，不要再做这种事情了。这次幸亏是没有人受伤，如果下次再发生这样的事情，我一定会追究到底。"

说完，不待白凌反应，蔺月绡便转身离去。

留下白凌一个人，在满地落叶的茶林中，难堪地涨红了双颊。

第六章

救命恩人是大BOSS

1

从动物基地回来后，洛希亚便投入到了紧张的学习中。

好吧，其实主要是林凯和蔺月绡这里忙得不可开交，根本不需要她的加入。这次的实验似乎是高度机密，实验的过程中，洛希亚被明令禁止，不能靠近。

待在手术室外，看着他们忙碌的身影，洛希亚暗自松了口气的同时，心里也有点儿没着落。

人就是这么矛盾的生物。

忙的时候吧，每天想过清闲的日子；等真的闲下来了，又觉得心里空落落的。

洛希亚把这一切归咎于报恩心理。

一定是因为蔺月绡最近连续帮了她好几回，又是帮她说话，又是将她从犬舍救出来，所以她想要报答自己的救命恩人，才有如此感觉。

这样想着，洛希亚的视线再次扫过实验室，屋内整洁如新，地板也被打扫得干干净净，她实在找不到事情做，只能将视线停留在了盘在柜子顶端呼呼大睡的煤球身上。

自从之前她几番对煤球试探之后，她就彻底失去了煤球对她的信任，如今煤球看到她都绕道走，绝对不看她一眼。

洛希亚叹了口气，决定还是先寻求猫主子的原谅好了。

说干就干，她立刻走到柜子下方，轻声唤道："喵，煤球球……"

听到她的叫声，煤球懒洋洋地抬起头，朝下看了一眼，见是她，便再次窝回了原位，一副"本大爷懒得搭理你"的模样。

洛希亚摸了摸鼻子，做小伏低地向它道歉："之前的事情是我不对，我向你道歉好不好？对不起啦！原谅我好不好？"

"喵呜——"煤球愤怒地抬头，冲柜子下方叫着，仿佛在说——"我为什么要原谅你？"它激动得身上的毛都奓开了。

洛希亚好言好语地说道："那你要怎么样才能原谅我？我带你出

去玩好不好？”

洛希亚知道平日傍晚，蔺月绡有遛猫的习惯，一人一猫在校园里的小路上散步，还经常有问有答的，吸引了不少女生的注意。

这也是洛希亚突然想到的报恩方式——帮蔺月绡遛猫。

既然他们俩都那么忙了，那么在力所能及的范围内，自己帮他减轻一点儿工作负担吧！

只是……猫祖宗显然不乐意配合，它懒洋洋地回应了一声。

洛希亚无奈，只好使出撒手锏：“再加一顿五花肉好不好？让你吃到饱……”

“喵呜——”

成交！

煤球突然来了精神，它兴奋地叫了一声，从柜子上一跃而下，昂头挺胸地迈着猫步朝实验室门外走去。

走到门口，见洛希亚还没跟上来，它回头不耐烦地又叫了一声，像是在催促她快点儿跟上。

“来了，来了！”洛希亚赶紧跟在它身后，向外走去。

虽然化验结果证明是她自己想太多，但是直到现在，她仍旧觉得煤球可不是一只普通的猫。

因为它实在太聪明了！

一人一猫往外走去，洛希亚边走边给蔺月绡发短信，告知他自己带煤球出去散步了，煤球径直走在前面带路，她小跑着跟在它的身后，一时间都有点儿弄不清楚到底是谁在遛谁了。

学校附近有一家很好吃的韩式烤肉店，味道好，价格也非常实惠，平日里嘴馋的时候，洛希亚经常会跟蓝黎去那家店吃饭。

因为要出校门，洛希亚担心煤球走丢，因此等它溜达了一段后，便把它抱在了怀里。

出了校门有一个小公园，那里的人不是很多，洛希亚便打算让煤球在那里再溜达溜达，结果也不知道是天气太热还是它犯懒，走了一小段路后，它怎么也不肯动了。

洛希亚只好把煤球又抱起来，忍不住吐槽它："其实你只是想出来吃肉，对吧？"

回答她的是煤球慢悠悠甩动的尾巴，以及一声无比惬意的叫声，显然是在认同洛希亚的说法。

洛希亚笑着拍了下它的屁股，随后被它赏了一记肉垫，洛希亚当即被它萌得心都要化了。

洛希亚抱着煤球往公园外走去，路过一片假山时，她忽然听到有人在说话。随即，一个男人的身影出现在他们的面前。对方正背对着他们，趴在假山旁的草地上，正专心致志地观察着假山里的东西。

"你在干什么？"洛希亚不由自主放慢了脚步，好奇地问道。

"嘘！"男人立刻比了个噤声的手势，视线仍牢牢锁定在前方。

洛希亚忍不住凑上前去，只见男人不断按下手中数码相机的快门。

原来他是在摄影啊！

洛希亚心里不由得开始痒痒。说起来，自从开学以后，她忙得脚不沾地，除了开学时的一次社团活动外，她已经好久没有再出去摄影了呢。

想到这里，洛希亚来了兴趣，她不由自主地靠近男人，顺着男人的视线朝假山里看去，这时从假山里传来猫叫声。

她怀中的煤球像受到了某种威胁似的，顿时发出低低的威胁叫声。

洛希亚连忙安抚它，以为它是误会了男人想要伤害那些小猫，轻声解释："嘘，小声点儿！他不会伤害它们的，只是在拍照而已。"

但煤球的身体依然绷得紧紧的，仿佛随时都等待着跳起来扑过去。

男人又拍了几张照片后，站起了身，洛希亚再次凑上前去："我可以看看你拍的照片吗？"

“当然！”男人微笑回答。

视线相对的瞬间，洛希亚顿时发出一声惊呼：“是你？”

刚才男人趴在地上，因此她没有认出来。

男人有着堪比模特的健硕身材，一米九的大高个让他气势逼人。深邃英俊的五官在夕阳的余晖下显得越发立体，那双灰褐色的眼眸少了几分那天夜里的锋芒，却多了几分温暖平和。

他疑惑地挑了挑眉，并没有认出洛希亚来。

洛希亚兴奋地解释道：“七月底的一天夜里，在西林公园附近，我被一条疯狗追，是你救了我！”

男人蹙着眉头想了一会儿，随即一脸恍然地点了点头：“哦，我想起来了，你是那天夜里那个小姑娘……”

“那天真是太谢谢你了，我叫洛希亚，很高兴认识你。”洛希亚微笑着朝对方鞠了个大大的躬。

“向野。不客气，举手之劳而已。”男人随意地摆了摆手。

“没想到会在这里碰到你，真的太巧了，向大哥你也喜欢摄影吗？”

“对啊，我平日里没事就喜欢拍拍动物什么的……”

“真的吗？好有缘，我也是！”难得遇到一个跟自己一样也喜欢拍摄动物的人，而且这个人还是自己的救命恩人，洛希亚更加激动了。

但不知道为什么，她怀中的煤球变得焦躁不已，在她怀里拱来拱去，一副不耐烦到极点的模样，如果不是洛希亚紧紧地抱住了它，恐怕它此时已经蹿跑了。

“煤球，别乱动！”洛希亚低声喝止它。

向野这才注意到她怀里的猫，感兴趣地问：“这是你的猫吗？真可爱……”

说着，向野伸手想要摸摸煤球，不料煤球直接一爪子挠了过去。如果不是向野闪躲得快，恐怕手背上就会留下几道血痕了。

2

“对不起，你没事吧？”洛希亚没料到煤球会突然发作，连忙道歉，“我不知道它今天怎么了，从刚才开始，它就好像很焦躁的样子。这是我朋友的猫，它平常其实很乖的……”说完后，洛希亚感到有点儿心虚。

要知道，在她的心中，煤球跟乖这个词语可真的一点儿也扯不上关系。

洛希亚至今都无法忘记捡到蔺月绡的那个晚上，煤球警惕而锐利的眼神，哪怕是熟悉了以后，大多数时间，它对人类都是爱答不理的。除了蔺月绡，哪怕是大魔王林凯，也经常会被它无视。

“没关系，它大概是刚到一个新的环境，还不太习惯吧！”向野毫不在意，他收回自己的手，“你跟它的主人关系一定很好吧，还帮他看猫。一般的猫都是很高傲的，不太喜欢主人以外的人靠近……”

洛希亚一阵腹诽：那您可真看错猫了，眼前这只明显是一只“有肉就是娘”的吃货猫。

不过她面带微笑地回答：“那倒没有，它的主人是我们学校教授请来的助手……”

洛希亚说到这里，又被煤球狠狠拍了一爪子，虽然被它的肉垫拍到并不疼，但是随即煤球“喵喵”狂叫起来，那语调中带着焦急和愤怒。洛希亚不知道它到底在抽什么风，只能直接捏住了它粉红色的肉垫：“好了，别闹，马上带你去吃肉！”

说完，洛希亚见向野仍旧在一旁静静地看着她，便接着道：“他们最近实验挺多的，正好我有空，就顺手帮他遛遛猫了。”

“喵呜——”被捏住了爪子，煤球又开始用嘴巴蹭起她的手指来。

洛希亚以为它是饿了，催着自己带它去烤肉店呢：“好了好了，咱们现在就去啊！”

闻言，煤球终于消停下来。

看来它是真的饿了。

洛希亚看向向野，询问道："向大哥，附近有一家很好吃的烤肉店，你要不要跟我们一起？"

向野之前救了她，洛希亚很感激他，所以想要请他吃饭，以表示感谢，同时算是为煤球刚才的无理行为道歉吧。

"好啊！"向野爽快地应了。

没想到向野刚点头，原本安静下来的煤球再次奓毛："喵呜——"

那叫声之凄厉，简直像见到了杀父仇人。

洛希亚被它叫得心慌意乱："好好好，咱们现在就去！"

说话间，她快步往前走去，向野身高腿长，似闲庭信步般地跟在她的身边："小家伙还挺有性格的呀，看上去比普通的猫机灵……"

"是吧，我也这么觉得。就因为这个，我还差点儿闹了大笑话呢！"想到这里，洛希亚忍俊不禁起来。

"嗯？"向野垂首，做出侧耳恭听的模样。

洛希亚便把怀疑煤球不是猫的事情说了一遍，当然，隐瞒了将猫毛送去生物研究中心化验的事情。

向野听完，笑了起来。

两个人又就着不停大吵大闹的煤球聊了好一会儿，眼看烤肉店近在眼前，洛希亚一时放松，煤球"嗖"地从她怀里溜了出去。

"煤球——回来！"

然而平日里聪明得不像是猫的煤球，这次却头也没回，一溜烟钻进路旁的绿化带里，瞬间跑得无影无踪了。

"煤球——"洛希亚吓呆了。

虽然她一直都觉得煤球挺聪明的，可她毕竟不是主人，而且这里还是校外，如果让蔺月绡知道她把他的猫弄丢了……一想到蔺月绡生气的模样，洛希亚浑身冷汗涔涔。

"现在怎么办？"她欲哭无泪地看着向野，不知道该如何是好。

“没关系，你赶紧去追它吧，需要我的帮忙吗？”向野善解人意地说。

洛希亚连忙摇了摇头：“对不起，今天真是不好意思，我下次有时间再请你……”

“没关系，你赶紧去吧！”

“抱歉抱歉！”洛希亚说完，赶紧朝着煤球消失的方向跑去了。

洛希亚沿着学校外周找了一路，都没有发现煤球的踪影。她灰心丧气地走在校园里，正发愁不知道待会儿该如何跟蔺月绡解释，就见对方急匆匆地朝她这边走了过来。

此刻天色已晚，周围的景色逐渐被夜色吞噬，洛希亚看不清楚蔺月绡脸上的表情，只能从他匆忙的脚步中猜测出他有些焦急。

难道是见她跟煤球出去那么久都没回来，所以出来找他们了？还是他根本没有看到她发给他的信息？

想到这里，洛希亚心里越发内疚。

眼看两个人的距离越来越近，洛希亚终于鼓起勇气嗫嚅着开口：“蔺月绡，我想跟你说件事情……”

洛希亚的话还没说完，便被皱着眉的蔺月绡打断了：“你刚才干吗去了？身上一股怪味……”

洛希亚下意识地抬起胳膊闻了闻自己身上，但是……

“没什么味道啊！”她奇怪地看着蔺月绡，随即才发现，她一直苦苦寻找的煤球，居然此刻就窝在蔺月绡的怀里。

因为天色太暗，蔺月绡又刚好穿了一件黑蓝色的T恤，所以她没有第一时间发现。洛希亚终于松了一口气，脸上不由自。地绽开笑容：“原来煤球已经回来了呀！刚才吓死我了，我还以为它跑丢了呢！”

洛希亚说起煤球先前的反常行为，浑然不觉蔺月绡的脸色越来越难看。

“你之前是不是遇到什么人了？”

“你说向野吗？他前不久救过我一次。对了，就是我在宠物医院门外捡到你的那天，他帮我赶走了一只追着我跑的野狗……”洛希亚说着，不经意间看向蔺月绡，突然发现他那双漂亮的灰蓝色眼眸中，此刻已经冻上了一层淡淡的冰霜。

洛希亚小心翼翼地问：“怎么了？你们认识吗？”

“不认识！”蔺月绡想也不想回答，“我只是想要告诉你，以后离他远点儿！”

“为什么呀？”洛希亚不解。

“没有为什么，就是让你不要随便相信陌生人。”蔺月绡居高临下地看着她，眉头紧锁。

“向大哥不是陌生人，他救过我！”洛希亚也有点儿上火，她昂起头，跟他较劲道。

“就算他救过你，你就能确定他是好人吗？”被洛希亚的态度气得肺疼，蔺月绡的语气不由自主带上了几分嘲讽，他沉着脸说，“对方是人是鬼你都不知道，就敢掏心掏肺，什么话都往外说，当心被卖了都不知道。”

蔺月绡这副教训白痴的态度顿时让洛希亚更生气了，她回嘲道：“你真是莫名其妙！那按照你的说法，那个时候我是不是也应该不管你的死活，放任你倒在宠物医院的门外？毕竟那个时候的你对于我来说也是一个陌生人呢！”

蔺月绡简直要被她气死了。

“你拿我跟他比？”他不敢置信地瞪着洛希亚。

“我不是这个意思，我只是……只是觉得向大哥不是你说的那种人！”洛希亚心中闪过一丝内疚。

闻言，蔺月绡更加生气了，他轻笑起来：“呵呵，才见了人家几次？就已经向大哥、向大哥，叫得这么亲密了！”

她对他每次都是“蔺月绡”“蔺月绡”地呼来喝去，却对一个才见了两次面的人处处维护，呵呵。

“你别来劲啊，你今天是不是故意找我吵架？”

“谁想跟你吵了，我没事做的吗？”蔺月绡表情冷了下来，“随你吧，你爱怎么样怎么样，到时候别哭就好！煤球，我们走。”说完，他扬长而去。

“他是不是故意来找碴的呀？”目送着蔺月绡的身影消失，洛希亚站在原地气愤地喃喃道。

3

洛希亚这几天过得非常不开心！

那天晚上，自从蔺月绡那家伙突然跑出来干涉她的交友，与她大吵一架就算了，竟然还从第二天开始摆出一副受害者的模样，跟她玩起了冷战。

不管她说什么、做什么，他都把她当成空气。

洛希亚不由得也来了脾气。

想要冷战是吧，谁怕谁！

以至于等到蔺月绡终于缓过劲儿来，想要跟洛希亚和好时，洛希亚却不肯搭理他了。

洛希亚心情不好，就连一段时间没见她的苏铎朵和开学后忙于上个学期期末的补考的萧饶，也通过微信和电话的联络感受到了她的低气压，纷纷找借口想请她吃饭谈心……

洛希亚原本打算赴约，没想到深蓝摄影社团的社长突然发来消息告诉她，她向往已久的苍凛杂志社要跟深蓝摄影社团合作，推出新的摄影比赛。

这次参赛对象面向全校的摄影爱好者，优胜者可以成为苍凛杂志社的助理摄影师，进行为期一年的实习，优秀者毕业后更是可以进入苍凛杂志社工作。

洛希亚瞬间兴奋起来，因为上次超级月亮的事情，她一直耿耿于怀，这次便打定主意一定要好好比赛，一雪前耻。更何况，苍凛杂志社的实习机会完全是她梦寐以求的。

为此，洛希亚付出了百分之二百的努力，推掉了苏铎朵和萧饶的邀约，全心投入到比赛中，以期大获全胜。

摄影比赛结果揭晓是在一个星期六，从早上开始，天气便出奇的好，阳光明媚，万里无云。洛希亚信心满满，而萧饶和苏铎朵也专门抽出时间来给她捧场。

上午在学校礼堂，结果揭晓，从主持人口中听到自己的名字最终以冠军的名号被念出时，洛希亚顿时开心得当场跳了起来。

她开心地拥抱了身边的好友们，随后跟其他的获奖人一同走上了舞台。

待到他们在舞台上站定，主持人继续说道："下面，有请我们苍凛杂志社的董事长向野先生为获奖者颁奖。"

骤然听到向野的名字，洛希亚还完全没想到主持人口中的向野跟她所认识的向野是同一个人，直到西装革履的向野大步走上舞台，径直来到了他们的面前，洛希亚瞬间震惊了。

向野居然是苍凛的董事长？怎么会这么巧？

如坠云端的洛希亚激动得都忘记了自己是怎么从向野的手中接过奖杯的，只记得向野意味深长地对她眨了眨眼睛。直到下了舞台，她的大脑仍然一片空白。

"怎么了？高兴傻了？"见她一脸茫然，萧饶撞了下她的肩膀，调侃道。

洛希亚摇了摇头："我现在需要静静！"

"静什么静，拿到大奖，必须请我们吃大餐。小朵，你说是不是？"萧饶不忘拉上身边的战友。

苏铎朵立刻微笑着点头："当然！小亚你可别想转移话题。"

洛希亚笑了："哪有，我是那么小气的人吗？请，必须请！"

三人说着，等到颁奖一结束，便往学校后街走去，却没想到再次碰到了向野。

彼时，向野正跟深蓝摄影社团的社长走在一起聊天，洛希亚犹豫着要不要上前打招呼时，向野已经先一步看到了她。

"恭喜你获得比赛，我看了你的作品，很不错！"向野朝她点了点头。

"谢谢您，向先生！"洛希亚客气地回答。

闻言，向野哑然失笑：“之前不是都叫我向大哥的吗？怎么突然变得这么客气了？”

听到向野的话，有关洛希亚的事情一向雷达灵敏的萧饶立刻警惕起来，怀疑地打量起眼前的男人来。

“之前我不是不知道你是苍凛的董事长吗？”洛希亚小声辩解。

“我还是比较喜欢听你喊我向大哥。”向野轻笑着说。

闻言，周围的人终于反应过来，两个人原来早就认识了。

苏铎朵叹息着看了一眼身旁的萧饶，萧饶的脸色果然变得更难看了，在他眼中，大概所有对洛希亚示好的男人都是他的敌人吧。

“太好了，原来你们认识！”社长见两个人认识，态度热络起来。

“你们现在是……”洛希亚看向社长。

“难得向先生亲自来学校，我们正要一起去吃午餐，既然你们认识，不然咱们一起吧！”社长开心地提议。

闻言，萧饶眉头一皱，刚想找借口拒绝，没想到一旁的洛希亚抢先一步开口了。

想到上次因为煤球而被打断的晚餐，洛希亚兴奋地回复：“好啊，正好我还欠向大哥一顿饭呢，今天我请客吧。”

对于学校附近的美食，应该没有人比洛希亚更清楚了。最终，一行人在偏离学校后街的一条小路上，选择了一家私房菜馆。

萧饶平日里在饭桌上如鱼得水，很快就能和大家打成一片，然而今天不知道怎么回事，句句带刺针对向野。想到之前蔺月绡也是因为向野跟自己吵架，洛希亚开始忍不住怀疑起来：难道真的是向野大哥的问题？

然而不管怎么说，现在好歹是她请客，洛希亚不想气氛弄得太尴尬，只能努力暗示苏铎朵拦着萧饶点儿，转而干笑着跟向野聊天。

万幸的是，向野并不在意萧饶的失礼行为，他面带微笑看着洛希亚：“说起来，其实来之前，我已经听评审人员提起过你的名字。你不是第一次参加我们杂志社的比赛了吧？听说已经拿过好几次的奖项了……”

“嗯……”洛希亚羞赧地点了点头，没想到那么有名的杂志社，居然会记得她这个小小参赛者的名字，心中突然有点儿感动。

“你很棒！这种坚持在现在的年轻人中已经不常见了。希望你能一直坚持下去，期待有一天能在更大的比赛中看到你的作品……”

“谢谢，我会努力的！”洛希亚的心脏不由自主地狂跳了起来。再也没有什么，比自己崇拜的人给予的鼓励来得更为动人，更让人激动的了。

向野从口袋里掏出名片夹，抽出一张名片递给了她：“这是我的联系方式，你有什么事情，以后可以找我。”

洛希亚郑重地接过了向野递过来的黑色名片，黑色暗纹的设计显得很有档次，名片上没有多余的字，只有向野两个字，随后跟着一串手机号码。

洛希亚拿起自己的手机输入了向野的号码，拨打了过去。

由于萧饶的捣乱，这顿饭洛希亚吃得如坐针毡，好不容易吃完，为了避免萧饶弄出更多的幺蛾子，她只能赶紧提议回学校。

深蓝摄影社团的社长跟向野聊起了摄影相关的事情，洛希亚乐得自在，拉着苏铎朵问起了她的近况，萧饶原本也想凑过来，洛希亚想起他刚才的行为很是生气，不愿意搭理他，直接将他冷落在一旁。

萧饶悻悻地摸了摸鼻子，干脆低头玩起手机。

苏铎朵的生活向来是三人之中最忙碌的，平日里都是洛希亚他们经常拉她出来聚会。

说到近况，苏铎朵眼中立马放光，她近期参加了一个比赛，正在筹备参赛作品的事情，日子过得很充实。

“工作虽然重要，但是咱们现阶段，学习也很重要的。”洛希亚劝说道。

“嗯，我知道的。”苏铎朵笑着点头，“等到我比赛的时候，也邀请你们去观看……”

“嗯嗯。到时候我给你拉个大横幅，一定是闪瞎全场……”洛希亚说着，忍不住蹙起了眉，“我怎么感觉你最近又瘦了？工作的同时也要注意身体啊！”

“嗯，我知道的……”

两个人正说着，迎面走来几个学生，他们在大声讨论着什么，隐约间，洛希亚听到了林凯的名字，她顿时留心起来。

只听他们八卦地议论着：“你说林教授是不是犯了什么事情？”

“不至于吧，就算警察去了他的办公室，也不一定就是抓他的啊！”

“那还能是为什么？”

“就不能是警察想找他问话什么的吗？”

“我知道怎么回事，我刚才刚好路过，听到那几个警察大哥在说……”

洛希亚再也忍不住，她冲了上去追问：“同学，你们刚才说的是怎么回事。”

对方也被突然冲出来的洛希亚吓了一跳，但还是好脾气地解释道：“刚才学校里来了一辆警车，警察大哥在门卫带领下去了林教授的办公室，然后……我刚才好像听到他们在说什么，好像是来找什么火灾事件的嫌疑人……”

听到男生的话语，洛希亚的心中“咯噔”一声，不好的预感蔓延开来，她下意识地想往实验楼冲去，向野开口安抚她道：“你先别急，我打电话问问我派出所的朋友，看看到底是怎么一回事？”

洛希亚这才稍微冷静了一点儿。

很快，向野便从朋友的口中了解了情况，原来是有人举报在火灾发生的宅院附近经常看到蔺月绡，怀疑他就是那个纵火犯，警察这次只是来带他回去例行问话的。

听到向野的话，洛希亚心里顿时更乱了。

见她这副模样，向野忍不住问：“那个蔺……就是你上次说的那个朋友？”

洛希亚心慌意乱地点点头，快步朝前走去。

向野跟在她的身旁，安慰她：“你别担心，不会有事的。他们这些研究人员，有些时候可能确实会对一些奇怪的动物产生兴趣，但是……他们自己有分寸的，肯定不会因此做出违法乱纪的事情来。”

向野的话却让洛希亚越发担心。

对啊，以蔺月绡的身份，他会对那种奇怪的动物产生好奇再正常不过了。

想到自己之前的怀疑，洛希亚心中忍不住再次动摇，难道纵火犯真的是他？

4

当洛希亚赶到办公楼下时，看到冷淡神色的蔺月绡正被带上警车。

“蔺月绡——”洛希亚朝他大叫了起来，再也顾不上两个人还在冷战的事情了。

闻声，蔺月绡看过来，那双灰蓝色的眼眸里似乎包含着千言万语。

“别担心，我没事！”他轻轻摇了摇头，安抚地对洛希亚说，随后转身坐进了警车里。

洛希亚远远地目送着蔺月绡所坐的警车离开，不知道为什么，心里突然特别难过。

看到蔺月绡被警察带走，萧饶吃惊地怪叫起来：“他怎么会在这里？”

洛希亚一脸无辜：“我没有告诉你吗？蔺月绡是林凯教授请来的私人助理。”

“所以，你从开学开始就一直跟他们在一起？”萧饶瞪大了双眼。

“嗯……”

萧饶刚刚因为向野产生危机感，结果现在却发现，原来还有一个更大的威胁就在身边，他差点儿没被气死。

“这么重要的事情，你居然都不告诉我？如果不是我今天来碰到了，你是不是打算一直瞒着我？”

“不是，我真的以为告诉过你了。再说了，你这段时间不是一直忙着补考吗？我这不是担心耽误你的复习吗？”洛希亚弱弱地回答。

好吧，其实洛希亚是因为担心如果让萧饶知道蔺月绡跟她在一个实验室工作，他会炸掉……

“你……”萧饶双手颤抖地指着洛希亚。

毕竟是从小一起长大的小伙伴，萧饶哪里看不明白洛希亚眼中的心虚？他忽然觉得自己在洛希亚的心中不如从前重要了，对方开始对他有小秘密了。

想到这里，萧饶怒气冲冲地说道：“我早就说过他不是好人，你还不相信！你看看，现在警察都找上门了吧！”

洛希亚眸光瞬间黯淡了下去：“应该只是误会而已，他不是那种人的……”她干笑着，然而她说出来的话连自己也无法说服。

“都这个时候了，你还在为他说话，难道警察会冤枉他吗？”一听到洛希亚帮蔺月绡说话，萧饶更加生气了。

“我不是这个意思。”洛希亚无力辩解。

根据刚才向野所说的，洛希亚也知道火灾事件十有八九与蔺月绡有关，更何况，就连她自己都怀疑过，不是吗？可是当结果真的摆在她的面前，她却又希望这一切都不是真的，只是一个误会而已。

她不知道自己到底怎么了。

看着洛希亚如此难过，苏铎朵连忙拉了拉萧饶，连哄带骗地把他拉走了。

洛希亚跑到林凯和蔺月绡的住处等着，想等林凯回来后问个明白。

不知道过了多久，天色渐渐黑了，随着电梯门“叮”的一声，她熟悉的那两个颀长的身影从电梯里走了出来，正是林凯和蔺月绡。

蔺月绡居然这么快便回来了？

两个人低声说着什么，直到近前，蔺月绡才发现洛希亚的存在。

“你……怎么会在这里？”蔺月绡没料到洛希亚会等在这里，迟疑地问。

洛希亚回过神来，想从地板上站起来，结果因为坐了太久，差点儿一个趔趄摔倒，还好蔺月绡及时扶住了她。

“为什么别人会举报说你经常出现在火灾事故现场的宅院附近？”不待站稳，洛希亚迫不及待地追问。

“只是一场误会而已，估计那人是认错人了，所以警方很快便放人了。”林凯在一旁解释。

“没事就好，没事就好。”洛希亚终于松了口气。

“我先前不是告诉你没事吗？傻乎乎的……”蔺月绡伸手宠溺地摸了摸她的头。

洛希亚顿时有点儿不好意思，她抬头，刚想问他在派出所时，警察是不是还问了其他的问题，然而下一秒，蔺月绡突然蹙起眉：“你去哪儿了？先前跟什么人在一起？”

“跟萧饶他们一起啊。”说到这个，洛希亚顿时兴奋了起来，连忙想要将自己获奖的消息与他分享，“对了，我之前不是跟你说要参加摄影比赛吗？这次比赛我拿——”

不等她说完，蔺月绡打断了她的话：“除了萧饶，还有什么人吗？”

激动中的洛希亚被他突然打断，顿时有点儿不满，不过一想到蔺月绡担心向野是坏人，于是连忙解释：“还有向野向大哥，但是我跟你说，原来他是苍凛——”

“我之前不是跟你说过不要接近他，我说的话你都没有认真听的吗？”蔺月绡再一次咄咄逼人地打断了她的话。

连续三番说话被打断，尤其是还担心了他一整个下午，现在却如此被对待，洛希亚的脾气忍不住上来了。她瞪着蔺月绡：“这话应该我问你才对吧？你为什么一直打断我的话，而且刚才是我在问你，你不要转移话题好吗？”

“你觉得我是在转移话题？”蔺月绡难以置信地看着她，“我只是担心你傻乎乎的，被人利用了都不知道。”

不久前因为蔺月绡和林凯都迟迟没有回来，洛希亚心中实在担心，于是忍不住给向野打了电话。电话中，向野告诉她，因为林凯是格非集团的主要项目负责人，所以在林凯出面担保后，蔺月绡已经被释放了。

虽然向野没有明说，但是洛希亚还是听出了弦外之音，他是在暗指林凯包庇了蔺月绡。

原本洛希亚还不相信，但此时看着两个人的态度，眼前蔺月绡明显在转移话题，她心中越发地怀疑了起来。

“好了好了，怎么吵起来了？你们俩也是，明明是关心对方，为什么却要表现得好像仇人似的……”眼见两个人又要吵起来，林凯连忙开口做和事佬。

两个人这才收起了针锋相对的态度。

最终，蔺月绡先一步开口道歉：“抱歉……”

“那个……我也有错……”洛希亚尴尬地移开了视线。

“我说话可能太急躁了，但是那个叫向野的男人真的没有你想的那么简单……”蔺月绡轻咳了一声，说到向野的名字，他的语调不由自主的有点儿急躁。

虽然不知道两个人之间有着什么过节，但是看蔺月绡这个样子，洛希亚知道想要在这个问题上说服他是不可能的。她也不想因为向野的问题再与蔺月绡闹得不愉快，于是点了点头：“嗯，我会注意的。”

然而她心里想的是——以后向大哥的事情尽量避着蔺月绡好了。

5

当天晚上，萧家。

豪华的客厅里，巨大的水晶吊灯从别墅的顶楼一直垂落下来，意大利进口的皮质沙发在灯光的照射下，散发着隐隐的光泽。萧饶站在电视柜和茶几之间的空地上，来回踱着步，越想越觉得事情有蹊跷。

从超级月亮夜洛希亚莫名其妙入院，还失去了一段记忆开始，到随后蔺月绡昏迷在洛希亚家的宠物医院门口，再到蔺月绡突然成了学校教授的助手……怎么想，萧饶都觉得这不可能只是巧合而已。

再加上今天这个向野，虽然向野表现得很和善，但一个人的眼神是无法伪装的，向野绝对是一个野心家。这样的人，通常目的都很明确，怎么可能对一个普通的女大学生这么热情？

除非……他另有目的。

想到这里，萧饶变得焦灼不已，想起洛希亚那一派天真的样子，他忍不住咬起了自己的指甲盖。

身穿黑色西服的管家一直笔直地站在客厅的边缘，见萧饶又开始咬指甲，忍不住开口问道：“少爷，您是遇到什么麻烦了吗？”

萧饶突然像被惊醒似的，转身往楼上跑去：“没事，你不用管我！”

他说着，三步并作两步地冲进了二楼的书房，“砰”的一声关上了房门。等到在书桌前坐下，他迅速拨打了一个电话，对电话那头的人交代道：“帮我查一下蔺月绡和向野的身份和来历。”

电话那头很快回复：“是的，先生！”

因为要打工，蓝黎没有来得及去摄影比赛现场给洛希亚捧场。当天晚上回到宿舍后，她从洛希亚口中知道，洛希亚居然真的拿下了摄影比赛的第一名，成为苍凛的实习生，而且还认识了苍凛的大老板，顿时直呼：“早知道你今天的生活这么精彩，我就应该请假一天的，呜呜呜呜……居然错过了一个抱大腿的机会。要知道那是向野啊！向野……想想我都觉得心痛！”

蓝黎说着，还煞有介事地捧着胸口假哭了起来。

洛希亚好笑地看蓝黎夸张的表演：“你至于吗？不就是一家杂志社的老板吗？虽然苍凛在业内比较有名，但是也没必要这么夸张吧！”

“什么叫不就是……他超级厉害的好不好？”仿佛受到了天大的侮辱，蓝黎眼睛都瞪圆了，她滔滔不绝地说了起来，“你以前上课的时候根本没仔细听过。向野耶，他可是咱们班导最最崇拜的偶像……”

“班导崇拜的不是近几年出现的行业黑马贪狼吗？什么时候又变成苍凛了？”洛希亚疑惑。

贪狼生物科技是近几年来异军突起的行业黑马，虽然现在知名度不如老牌的生物公司格非集团，但是发展的速度是大家有目共睹的。

有专家预测，按照它现在这样的速度发展下去，不超五年，它就会超过格非集团，成为行业第一。

在大多数学动物医学的人心目中，都希望可以成为格非或者贪狼这样的企业里的一员吧。

所以洛希亚实在不明白，班导的偶像怎么会是苍凛杂志社的董事长向野？

蓝黎无语地扶住了自己的额头：“姐姐啊，你平常到底有没有认真听我们的八卦啊？贪狼和苍凛是一个老板啊！”

“啊？”洛希亚瞬间惊呆了。

等等，她在不知不觉中，竟然认识了一个如此了不起的人物吗？

见洛希亚仍旧一脸懵懂的模样，蓝黎科普了起来：“苍凛杂志社是贪狼生物科技旗下的分公司，向野作为贪狼的总裁，是一个非常有野心的人。他们在生物科技界会有如此迅猛的发展，很大一部分原因也是扩张式的发展战略。向野曾经在财经采访中表示，他对自己的事业规划远不只是创立贪狼生物科技这么简单，他的目标是建造一个属于自己的商业帝国。厉害的是，这几年的时间下来，凡是他承诺过的事情，都已经全部兑现了。”

听到蓝黎的科普，洛希亚心里越发佩服起向野。

随后的几天，蔺月绡一直都是心事重重的，而林凯也神神秘秘的，两个人要么就是待在实验室里做实验，要么就是不知道在秘密地讨论什么。

每次只要洛希亚一靠近，他们便会立刻停下来。

洛希亚知道他们是受之前事情的影响，虽然有心想安慰他们，但她自己现在也非常的纠结。

一方面理智告诉她，蔺月绡说不定就是火灾事件的相关人，一方面在情感上，又不愿意承认他是那样的人。

她有意想要弄清楚现在的情况，然而不知道是不是她的错觉，蔺月绡和林凯似乎在故意躲着她，甚至于连她在实验室的工作都停掉了。

林凯都没有当面告诉她，而是发微信通知她的：**前段时间辛苦你了。最近这几天实验室也没什么事情，你先休息一段时间吧！**

洛希亚试着去实验室找过他们几次，但他们总是对她避之不谈，渐渐地，她也有些心灰意懒起来。

正好，苍凛杂志社的实习马上就要开始了，洛希亚便干脆将全部的精力都投入到实习的工作上。

因为工作的关系，洛希亚这段时间经常会遇到向野。虽然那天晚上蓝黎对她科普了一番，导致她一时间面对他时感觉有点儿距离感，不过向野一直都很平易近人。时间久了，洛希亚也渐渐放下了心中的芥蒂。

越跟向野接触，洛希亚就越发现，向野是一个有魅力的人。他们两个人又都喜欢动物，也对摄影感兴趣，关系便越走越近。

有些人，你跟他们相处后便会发现，他们之所以能成功，绝对是有原因的。

这天晚上，向野邀请洛希亚一同参加一个摄影师之间的聚会。在聚会上，她接触到的都是只在电视和杂志上见过的摄影大师。为此，她全程都很紧张，直到回程，仍旧有一种如坠梦中的不真实感。

直到车在校门口停下，见洛希亚仍旧一脸迷茫，向野轻笑着问：“还没缓过神来？”

洛希亚不好意思地捋了捋刘海：“嗯，没想到会遇到这么多摄影大师，太兴奋了！”

“以后还会有机会的……”

“嗯嗯，谢谢你，向大哥。”洛希亚点点头，这才发现他们已经到了校门口，连忙伸手去解安全带，“不好意思，我都没注意到到学校了，拜拜！”

“拜拜！”向野朝她摆了摆手，打开了车锁，当视线扫过校门口的某处时，他微不可察地勾了勾唇。

等向野的车扬长而去，洛希亚才回头，一蹦一跳地往宿舍走去。

此刻天色已晚，圆圆的月亮挂上树梢，这个时候正是晚自习的时间，各个教学楼灯火通明，路上却没什么人，在昏黄的路灯照耀下，整个校园显得宁静而幽谧。

洛希亚感觉今天的收获比她最近几年得来的都多，她决定待会儿回到宿舍，赶紧把今天学到的东西都好好记下来。

这样想着，她不禁加快了脚下的步伐。

“刚才是谁送你回来的？”一个人影突然从路旁的树影下走出来，挡在了她的身前。

洛希亚吓了一跳，她定睛一看，站在自己身前的是蔺月绡，两个人已经有一个多星期没见了。

蔺月绡穿着一件月白色的衬衫，下身是一条灰色的背夹式的短裤，煤球温驯地趴在他的怀中，乍一看像是镶嵌在他衣服上的图案。

蔺月绡原本是打算趁着晚自习时间，校园里没有什么学生走动，带煤球出来遛弯，顺便找个地方晒一晒月亮，没想到刚出来便遇到了

洛希亚。

让他不满的是，明明他已经千叮咛、万嘱咐过，洛希亚却还是带了一身他讨厌的味道回来。

虽然已经打定了主意跟洛希亚保持距离，免得她被有心人士利用，但看到她从向野的车上下来，他还是没办法控制住自己……

第七章

停在眉心的悸动

1

洛希亚知道蔺月绡特别讨厌向野，她有点儿心虚，含含糊糊地回答："就……一个朋友。"

"一个朋友？又是那个姓向的吧？"蔺月绡冷哼一声。

"你怎么知道？"洛希亚下意识地脱口而出，才刚说完，她便立马意识到自己暴露了什么，连忙捂住了自己的嘴，欲盖弥彰地解释，"呃，我的意思是你为什么会觉得是他？"

"出息了啊，洛希亚，现在还学会撒谎了！"

蔺月绡嘲讽的语气，让洛希亚一晚上的好心情瞬间消失殆尽，她双手抱胸："我撒什么谎了？我跟谁在一起跟你有什么关系？你们做什么事情都不需要向我报告，我做什么也没必要向你们报告吧！"

蔺月绡被洛希亚的态度呛到了，他叹息地说："有些事情，我们不告诉你，是为了你好。而且，你要相信我，向野接近你，目的绝对不单纯……"

"他能有什么目的，难不成他一个科技公司的总裁还能对我一个普通学生耍阴谋吗？"洛希亚不以为然。

"只有你自己以为你什么都没有，可别人不一定这样认为……"

"那你说说，我有什么是他想图谋的？"

蔺月绡张了张嘴，却始终说不出个所以然。

洛希亚忍不住生气了："我不知道你们之间有什么过节，但他现在是我的老板，我绝对不会因为你随便一句话就怀疑他。而且，你不觉得相较于向野，你和林凯现在神神秘秘的样子更让人无法信任吗？"

虽然蔺月绡始终不肯承认，但从上次煤球和蔺月绡对向野的态度来看，他们之间的关系绝对不简单。

毫无疑问，蔺月绡和向野是认识的，只是她还不知道他们之间有什么瓜葛。

听到她的话，蔺月绡颇有几分失望："总之，你是不相信我了？"

洛希亚咬了咬唇，没有回答，但是这已经说明了一切。

“随便你吧！”蔺月绡抱着煤球转身而去。

路灯把蔺月绡的影子拖得很长，一直延伸到洛希亚的脚下，她忽然觉得两个人的距离前所未有的遥远。

洛希亚跟蔺月绡再次陷入了冷战，两个人谁也不肯搭理谁。

细心的向野很快发现了她的异常，问她：“小亚，你最近怎么了？是发生了什么事情吗？”

洛希亚下意识地摇头，然而想到蔺月绡对向野的敌对态度，她又忍不住抬头：“向大哥，你以前是不是认识蔺月绡？”

“为什么你会这么认为？”向野也怔了一下。

“我就是觉得你们对彼此的事情好像都很关心，你们之前……难道有过什么过节？”

向野忽然笑了，他漫不经心地表示：“我跟蔺先生没有过直接的接触，但是你也知道，我们的工作导致我们或多或少都会有一些间接的接触和了解，所以……他可能是对我有什么误解吧。”

“是这样吗？”洛希亚有点儿怀疑。

向野点点头：“当然！因为行业相似，他们做学术的动机跟我们商人不太一样，所以有时候难免会产生一些摩擦。打个不太恰当的比喻，面对同样一只动物，他们做研究的人员，会更关注物种的特殊性，它区别于其他品种的优点、缺点在哪儿。而我们商人，说实话，我们更关注这件事带来的利益和弊端。”

洛希亚不知道自己是不是太敏感了，听完向野的话，她下意识地想到了火灾事件中发现的动物，心情也因此更加矛盾了。

马上快到萧饶的生日，早在一个星期前，洛希亚就在群里接到他的消息，萧少爷今年又出幺蛾子，打算办一场假面舞会，并要求朋友们都盛装出席。

这可为难坏了洛希亚，她当即在微信群里抱怨起来——

洛希亚：萧饶，你是不是故意为难我啊？你明知道我没有礼服这种东西的。

萧饶：你说咱们群里这么一个大设计师在，你的脑子怎么就不知道转弯呢？

苏铎朵：小亚，别担心，我会帮你准备礼服的。

洛希亚：【亲吻】【亲吻】朵朵，你人太好了，爱你！

萧饶：记得我的礼物啊！

洛希亚：知道了！

苏铎朵：收到……

萧饶生日当天，苏铎朵下课后就带着设计好的礼服和配套的饰品、包包来到洛希亚的宿舍，催促她赶紧换衣服。

洛希亚这天一整个下午都有课，下课后还被林凯叫住问了几个问题，等她回到宿舍时已经有点儿晚了，萧饶安排过来接她们的司机已经在宿舍楼下等了许久。

蓝黎要兼职，因此宿舍里只有白凌在。

“你坐一会儿吧！我马上就好……”洛希亚指了一下自己的床铺，便抱着漂亮的礼服进了洗手间，等到她手忙脚乱地从洗手间里出来时，正站在一起说话的苏铎朵和白凌立刻分开了。

因为上次在动物基地的事情，洛希亚已经跟白凌彻底闹翻，平日在宿舍里也权当看不到对方。因此，此刻洛希亚虽然心里感到奇怪，却并没有当面问出口。

“朵朵，这条裙子太好看了，我好喜欢……”洛希亚提着裙子的下摆，在原地转了一圈，笑着对神情有点儿不自然的苏铎朵说。

“好看，特别适合你，我当时设计的时候，就知道你穿上一定好

看。”苏铎朵笑着回答，伸手帮洛希亚抚平了裙子领口的轻纱。

这是一条薄荷绿的小礼服，双层材质的设计让服装看上去更具层次感，同时极具少女感。苏铎朵显然很了解洛希亚身材的优点，一字肩的设计露出了少女圆润的肩头，也突出了她漂亮的锁骨。裙子腰部配了一条白色的飘带，飘带自然地垂落在蓬松的飘纱上，再搭配一双白色系带凉鞋，显得清新又自然。

洛希亚换好礼服后，苏铎朵又热心地给她化上淡妆，把她一头的长发扎成一个松松的丸子头，还在头顶上别了一个浅绿色的水晶发卡，随即把纸盒里的白色叶子形状手包递给她……

洛希亚有生以来第一次打扮得这么隆重，站在宿舍的落地镜前，她左看看右看看，心里别提多开心了。

苏铎朵站在洛希亚的身后，眼神却黯了黯，她低头看向自己的脚尖，苦涩地笑着：“你今天打扮得这么美，萧饶一定会被你惊艳到的……”

洛希亚没有听出苏铎朵话里的深意，她喜滋滋地在原地又转了一圈，才昂着下巴说：“嘿嘿，那是必须的。”

2

洛希亚又情不自禁地臭美了一会儿，直到萧饶在微信群里发消息问她们出发了没有，两个人这才一起下楼。

等到轿车平稳上路，洛希亚转头看向苏铎朵："朵朵，刚才白凌找你问什么呀？"

苏铎朵的脸上瞬间闪过不自然的神情，她没有看洛希亚，轻描淡写地回答："没什么，她只是想找我专门定制衣服……"

洛希亚知道白凌很喜欢苏铎朵设计的衣服，平日里穿的很多衣服都是苏铎朵设计的，所以听到苏铎朵的回答，并没有怀疑。

抵达目的地后，苏铎朵从随身携带的白色包中摸出两副面具，与洛希亚一人一个戴上了。

苏铎朵难得没有穿她标志性的红色，而是穿了一条撞色设计的浅蓝色改良式旗袍，旗袍表层用银白色的丝线绣出繁复的花纹，行走时会折射出淡淡的流光，裙摆不是包臀的设计，而是如花朵一般散开。

今天的苏铎朵，摇身一变，从炙热耀眼的红色曼陀罗，变成了淡雅的铃兰，多了一种别样的美感。

两个人走到宴客厅的门口，侍立在两旁的身着黑色工作服的工作人员为她们拉开了厚重的大门。

顿时，悠扬的音乐倾泻而出。装扮得金碧辉煌的宴客厅内，戴着面具的客人已经差不多到齐了，三三两两地聚在一块，有交谈的，有舞蹈的。两边的长桌上铺着雪白的桌布，摆盘精致的食物泛着诱人的色泽，水晶杯倒映着令人迷醉的灯光……一切都如梦似幻。

虽然戴着面具，两个人却还是立马成为众人视线的焦点。

刚将自己的礼物放到礼物已经堆积如小山的装饰树下，洛希亚就被人拉进了舞池，而原本跟在她身旁的苏铎朵忽然不见了人影。

她四下寻找着，也没有看到萧饶的身影。

奇怪，身为生日会的主人，萧饶怎么也不在场？

洛希亚心里觉得怪怪的，等到被一群戴着假面的男生拉着跳了一大圈舞后，她的肚子已经饿得咕咕直叫了。她对又一个邀请她跳舞的假面摆了摆手，做出一个歉意的姿势，转身往餐桌走去。

就在这时，大厅里的音乐突然一变，现场骚动起来。

洛希亚顺着大家发出惊呼的方向看去，只见人群中不知道何时出现了一个巨大的蛋糕，正朝着她这边缓缓推过来。

从她的角度只隐隐看到蛋糕的一角，看来是要切蛋糕了，萧饶这下应该现身了吧。

然而奇怪的是，那突变的音乐并不是生日快乐歌，而是一首英文歌曲。洛希亚觉得有点儿熟悉，却一时半会儿想不起名字来。

洛希亚停下脚步，正要找萧饶，手机却突然响了。

是林凯打来的。

电话刚接通，林凯便连珠炮似的说了起来：“你现在在哪儿？赶紧买点儿止血的药去实验室，速度越快越好！”

洛希亚原本想解释自己现在不在学校，但被林凯这焦急的态度吓得顿时往外走：“你怎么了？为什么要买药？出什么事情了吗？”

“不是我，是月绡，刚才有人闯入实验室，他受伤了……我现在忙，不跟你说了，赶紧啊！”林凯快速说完，便挂断了电话。

虽然正在跟蔺月绡冷战，但一听到他受伤的消息，洛希亚此刻什么都顾不上了，直奔宴会厅外。等到坐上出租车，她才想起来要打电话给萧饶通知一声。

“喂？”电话那头，萧饶的声音听上去有点儿无精打采的。

电话里，他的周围似乎很安静。

洛希亚尴尬地笑了一声：“你那边怎么这么安静？你们已经切完蛋糕了？”

“正准备切呢。你怎么突然跑了？”萧饶问。

萧饶的语气异常平静，洛希亚觉得有点儿反常。要知道，按照萧饶的性子，她在他的生日派对上中途逃跑，他绝对是会生气的，而且还要被他记恨一整年。

见状，洛希亚小心翼翼地解释："那个……萧饶，实在抱歉啊！刚才林教授那边打来电话，说实验室出事了，要我立马回去……"

电话那头静悄悄的，洛希亚连忙又补充道："等过几天，我请你吃饭赔罪，好不好？"

"好啊……"萧饶终于开口了，"就这么说定了。"

"嗯，一言为定！"

洛希亚不知道的是，因为她的离开，原本喧闹不止的宴会厅瞬间变得死寂。

萧饶难得穿了一身铁灰色的三件套西装，他亲手推着放有生日蛋糕的推车，蛋糕做成一个巨大的多层宠物乐园，最上方摆着一个栩栩如生的翻糖小人儿，它正单膝跪地，站在它面前的是一个背着相机的小姑娘……

而蛋糕上，用巧克力色的奶油写着一行Q版英文：Will you be my girl friend（你愿意做我的女朋友吗）？

没错，因为蔺月绡和向野的存在，萧饶产生了强烈的危机感，为此，他打算趁着自己生日会的机会，向洛希亚告白。

他早早拜托了苏铎朵帮洛希亚准备礼服，为了让一切显得自然，他还特意把这次生日会的主题定为需要穿正装的假面舞会，然而现在，生日会的另一个主人公却跑了。

看着合上的宴会厅大门，萧饶感到前所未有的无力。

3

洛希亚在药店买好药，匆匆赶回学校时，时间已经过了近一个小时。

“到底怎么回事？蔺月绡哪儿受伤了？”洛希亚的人还没有迈进实验室，声音便从门外传来。

闻声，实验室里的两人一猫同时回头看向她。

“你是跑去南极买药了吗？要是等你救命，大家都完蛋了！”林凯毒舌道。

“抱歉！我刚从市中心赶回来的，稍微耽误了点儿时间。”洛希亚看了看蔺月绡，又扫视了实验室一番，“你哪儿受伤了？实验室丢什么东西了吗？”

“我没事，刚才发现实验室里有人，本想去追，结果不小心撞到了桌角，划伤了手臂。”蔺月绡淡淡地说，洛希亚看到他手臂内侧有一条血痕，看样子已经处理过了，“我们刚才检查过实验室了，没丢什么东西。”

“哦。”洛希亚点点头，她突然想到一个问题，“我记得上次在我家也发生过这样的事情，你说……这两者会不会有什么关系啊？”

闻言，林凯脸色变了：“你说清楚，怎么回事？”

于是洛希亚把当时发生的事情简单说了一遍。

三个人各有所思，实验室陷入了安静，洛希亚这才后知后觉地想起自己正在跟蔺月绡冷战，神情变得有些尴尬。

这时林凯忽然注意到洛希亚的穿着，难得夸奖道：“洛希亚同学，我突然发现你打扮起来还是挺好看的。是吧，月绡？”

蔺月绡看了洛希亚一眼，有点儿不自在地点点头：“嗯，她这样打扮挺漂亮的……”

洛希亚顿时心头窃喜，她不好意思地低下了头：“谢谢。”

林凯留心着两个人的神情，努力地制造着话题：“哦，对了，你刚才说自己是从市中心回来的，今天是有什么好事吗，打扮得这么隆重？”

他促狭地调侃：“难道是约会？”

听到林凯的话，蔺月绡也不由得用怀疑的目光看向洛希亚。

洛希亚急切地解释道：“是我发小过生日，他叫萧饶，我跟你提过的。”她的后一句是对蔺月绡说的。

“嗯。”蔺月绡悬在半空中的心放下了。

林凯却唯恐天下不乱似的，再次起哄：“庆祝发小的生日，却打扮得这么隆重。不简单哟……”

蔺月绡刚刚放下来的心顿时被吊得更高了，他的眼中不由自主地带上了醋意。

“我一直把他当成哥们看待的。今天是假面舞会，他特意要求参加的人盛装出席。”

“哦，是这样啊，我还以为错过了什么不得了的事情呢……”

洛希亚干笑，已经不知道应该如何回答好了，蔺月绡突然对林凯冷声道：“你今天怎么这么八卦？”

“行吧，我继续工作了，你们慢慢聊。”林凯迅速闪进了手术室。

偌大的实验室里只剩下蔺月绡和洛希亚两个人，气氛再次变得尴尬起来。

洛希亚盯着脚下的地面，好一会儿才找到话题，她晃了晃手中的药膏：“那个……你手臂上的伤还是涂点儿药膏吧！”

“啊，嗯……好的。”蔺月绡应道。

“需要我帮忙吗？”

“不用了……我自己来就可以。”

洛希亚上前把手中的药膏递给蔺月绡：“那……没什么事情的话，我先回宿舍了。”

“好的，拜拜。”蔺月绡朝她挥了挥手，“还有，谢谢你的药膏。”

等到离开实验室一段距离后，洛希亚才深吸了一口气，捂住了胸口的位置。

刚才她局促得差点儿不能呼吸了。

不知不觉，洛希亚在苍凛杂志社已经实习了一个月。最近，苍凛杂志要在野生动物园拍摄一组野生动物的专题照片，作为最新一期的封面和内页。同时，这次的拍摄也会被整理成苍凛动物保护协会的年度宣传视频。

这算是洛希亚进入苍凛实习后最重要的一件事，因此她很期待。

如今已入深秋，天气转凉，洛希亚早上出门时，秋风拂在脸上，让她感觉很舒畅。拍摄当天，洛希亚早早到了公司，搭乘公司的车来到了野生动物园，随后有工作人员告知他们游园的注意事项，并且带他们见到了野生动物园请来的动物学家。

见到蔺月绡出现在动物学家的队伍中，洛希亚一阵恍惚。

自从上次在实验室，两个人已经好几天没见面了，再次见到，想到那天他们相处的场景，洛希亚感到有点儿不太自在。

此时，蔺月绡戴着一顶宽檐的软质草帽，因为秋日太过刺眼，他还戴了一副墨镜。白色衬衫的衣袖被他卷到了手腕的部位，露出白皙结实的手臂。他的下身是一条黑色长裤，站在一众穿着运动服、防晒服、登山服的工作人员中间，就像误闯进来的观光客。

虽然早就见识过蔺月绡对动物的神奇亲和力，然而在这样的场合见到他，洛希亚心里仍旧有点儿怀疑……

蔺月绡能胜任野生动物专家的工作吗？

显然，苍凛的工作人员对蔺月绡那张过于年轻的脸也不是很信任，盯着他看了很久，还是忍不住问道：“这位先生长得好年轻！我们刚才还以为你是专家请来的小助手呢！”

同行的动物园工作人员显然经常面对这样的疑惑，立刻微笑着解释：“您别看蔺先生年轻，他可是很厉害的。这个动物园里，没有不听他话的动物，跟着蔺先生，哪怕是进入猛兽区，我们都不需要带护具……”

这倒是真话，洛希亚暗想。

苍凛的工作人员原本还不以为然，等到一行人进入猛兽区，那些原本见到人便龇牙咧嘴的猛兽始终乖巧如猫，而正巧走到他们附近的动物们也礼貌退避时，大家看向蔺月绡的眼神才变得不同了。

虽然已经看到过这样的画面很多次，但洛希亚还是觉得很神奇，她的心中隐隐生出了几分自豪感。

4

一行人抵达拍摄的地点后，蔺月绡被摄影师请去一旁，而洛希亚则跟着其他的工作人员开始搬放拍摄设备，这种工作她这个月每天都在做，已经完全熟练。

这里是一片占地辽阔的草地，三面环海，一面紧挨着野生动物园的野生动物区，是这个城市里最适合动物生活的天然牧场，当初野生动物园选址在这里，也有一方面是考虑到这里的地理特殊性。

除了一些常见的低矮灌木，这片草地只有最中央的一个山坡上长着一棵枝干茂密的大树，如同一把巨伞撑在天地之间。绵延的草地沿着起伏的地平线延伸开去，最终被绵延的森林所覆盖，森林的外围则是无边无际的大海。

此刻，摄影师在和蔺月绡交谈，各种动物不断被驯兽师从车内往拍摄区驱赶，原本应该是杂乱无章的，然而蔺月绡所到之处，动物们都变得乖巧无比，完全不用担心。

狮子、老虎、豹子、狼、大象……那些平日里绝不可能和谐地出现在同一个画面里的动物，此刻却都像是在自己领地内散步似的，无比惬意。

见状，原本还有些缩手缩脚、小心翼翼的工作人员都渐渐大胆起来，甚至还有跑去动物身边合影的。

洛希亚笑看着众人的动作，不自觉又抬头看了远处的蔺月绡一眼。蔺月绡站在中年摄影师身边，像一棵挺拔的小白杨。他只是静静地站立着，周围的光芒便似乎全部集中到了他的身上。他永远都是画面的中心。

他怀中抱着的煤球不见了踪影，不知道又跑去了哪里撒欢。

好像感受到了她的视线，蔺月绡突然回过头，朝她看了过来。

虽然知道隔着这么远的距离，蔺月绡不一定能看清楚自己，洛希亚却还是下意识地蹲下了身体，帮工作人员一起给设备连线。

待会儿最先拍摄的是象群，“大演员们”已经被安排在附近。

等到所有器械准备完毕，洛希亚去叫摄影师时，耳边突然响起了嘹亮的象鸣声。

“呜——”

原本井然有序的队伍突然骚乱起来，纷纷往外跑去，洛希亚吓了一跳，下意识地跟着人群走，她的视线不经意间扫过身体的后方，却看见有个人蹲在象群中在低头画着什么，那熟悉的身影险些让洛希亚的心脏从嗓子眼里跳出来。

“蔺月绡，小心！”洛希亚慌张地大喊起来，边喊边朝他跑去。

虽然知道蔺月绡的本事，但是就算他对动物有再好的控制力，也难免会有失手的时候。

此刻已容不得她多想，在她权衡清楚利弊之前，她的身体已经率先做出了反应，与人群逃跑的方向逆流而进。

“蔺月绡！”

洛希亚正喊着，不过一个被遮挡间，原本蹲在地上的蔺月绡忽然不见了踪影。

洛希亚焦急地四处观望着，都没有发现蔺月绡的身影，猜想可能是他意识到了危险，已经离开了。

这么想着，她只好转身往回走，然而这时她才注意到暴动的象群竟然已经近在她的眼前，领头的大象正抬起腿朝她踩步过来。

眼看象腿就要无情地踏在她身上，洛希亚发出一声惊天惨叫，本能地闭上了双眼。

“啊——”

“退后！”

突然一股巨力从她的身后袭来，扯着她的身体向后趔趄，她绊了一脚，摔倒在地上。等她睁开眼睛时，就看到蔺月绡不知何时出现，一只臂膀大张着，挡在她的面前，而另一只手抵在大象的脑袋上。

他的身体微微前倾，白色的衬衫紧紧绷在他的身上，平日里看上去

纤瘦的身体，在此刻迸发出了巨大的能量。

她不知道蔺月绡做了什么，就见原本抬起脚的大象突然停住了动作，随后发出一声悲鸣，轰然倒地。

成吨的重量砸在地面上，黄色的尘土骤然漫天飞扬，蔺月绡快速舞动着双手，不多时，杂乱狂奔的象群便再次恢复了秩序、平和。

仿佛刚才发生的一切只是一场幻觉。

蔺月绡一只手伸向洛希亚，安抚道：“好了，没事了。”

洛希亚呆呆地瞪着蔺月绡，还没有从刚才的震撼中回过神来。

那可是体重达到几吨，发怒时可以掀翻汽车的大象啊！他竟然就这么轻而易举地制服了？好像他只是推倒了一只小猫咪似的。

“怎么了？吓傻了吗？”蔺月绡的手在她面前晃了晃，“知道怕，那为什么刚才别人都往外跑，就你一个人傻乎乎地往回走？”

“你刚才是怎么做到的？那可是大象啊！”洛希亚这才后知后觉地发出一声感叹。

“这个一时解释不清楚，我先带你找个地方休息吧……”蔺月绡倾身想要扶她起来。

“我自己来吧……”洛希亚刚要起身，一阵剧痛袭来，她忍不住闷哼出声，“呃，好痛……”

刚才情况太过危急，她全然没有感觉，此刻平静下来，她才发现自己的脚踝被崴到了。

她身体朝一侧倾倒，还好蔺月绡眼疾手快地抓住她，否则她又要摔一个大马趴。

“你怎么了？”蔺月绡蹙紧眉头。

“我好像扭到脚了。”她龇牙咧嘴地说。

蔺月绡二话不说，将她打横抱起，往不远处的树下走去。

想到刚才的画面，洛希亚又忍不住追问：“刚才象群暴乱的时候，你在那蹲着干什么？为什么我喊你，你都不应？”

“抱歉，刚才摄影师找我确认拍摄要呈现的效果，所以我没有第一时间注意到异况……”蔺月绡道歉道。

两个人交谈着，并没有注意到就在他们说话的短短时间内，原本待在各个区域内的动物们突然又暴动起来，朝他们这边奔来。

工作人员原本已经退回了树林间，躲到了工作车上，见到这个瞬间的异变，赶紧对他们大喊道：“危险，快跑！”

“洛希亚，快跑……”

“动物们暴动了！”

距离隔得太远，洛希亚并没有听到他们的喊声。倒是“耳尖”的蔺月绡清楚地听到了，他脸色猛地一变，不由自主地加快了脚步。

“怎么了？”洛希亚注意到蔺月绡的神色不太对劲，她一扭头，看到成百只动物在向他们狂奔而来，那极具压迫性的场面让她的尖叫险些从喉咙里逸出来。她紧紧搂住蔺月绡的脖子，强忍住心里的害怕，浑身颤抖着说：“怎……怎么回事？为什么那些动物突然都朝着我们的方向跑过来了？”

此刻蔺月绡的表情异常严肃，平日里那双带着水润光泽的灰蓝色眼眸，此刻像是被冰霜冻住了似的，他抿了抿嘴，不急不缓地安抚着洛希亚：“别担心，没事的。抱稳我……”

说着，他脚下的步伐更快了。

听到蔺月绡的话，不知道为什么，洛希亚原本七上八下的心奇异地平静了下来。

在蔺月绡的怀中，她似乎能感受到他有力的心跳，她抬眸注视着身后，那些动物离他们已经越来越近了。这种壮观震撼的场面，她只有在纪录片《动物世界》中见过……

洛希亚毫不怀疑，下一秒，他们便会在它们的脚下变成一摊肉饼，又或者被它们撕成碎片……

5

蔺月绡忽然把洛希亚放了下来，洛希亚这才发现，他们两个人已经到了大树下，巨大的古树枝叶繁茂，像是华盖一般，立在这片空旷的草地之间。

方圆几里内都看不到人影，所有工作人员都似乎已经撤离了。

一直不见踪影的煤球此刻不知道从哪里跑了出来，它蹲在树枝上，冲树下的两人叫唤着。

蔺月绡抬头看了煤球一眼，将洛希亚放在古树的枝杈上，嘱咐她找个位置躲好，又命令煤球保护她的安全，这才转身朝兽群走去。

煤球淡然地窝在洛希亚的怀中，一点儿都不害怕的样子，望着蔺月绡离去的背影，洛希亚忍不住担忧地喊道：“蔺月绡！”

听到洛希亚的叫声，蔺月绡回头，看着她坚定地说：“放心，我不会有事的。”

蔺月绡迎着兽群的方向正前进着，忽然，伴随着地面一阵剧烈的颤抖，一只奇形怪状的怪鸟像是凭空出现似的，从狂乱的兽群后方凌空而起……

“天啊，那是什么？”洛希亚惊骇不已，她忍不住发出一声惊呼，而她怀中的煤球也立直了身体，全身的毛顿时爹开，发出了凄厉的叫声：“喵嗷嗷——”

只见那只怪鸟挥动着翅膀，几个扑扇间，尘土漫天飞扬，所有的动物都像失去控制一般，被风裹挟其中。

“钦丕？”看着凭空出现的怪鸟，蔺月绡惊讶地脱口而出。

他的眼神变得凝重起来，仿佛有漫天的黑雾在那双灰蓝色的眼眸中迅速集结。

暴风雨就要来临了！

他加快速度，朝着纷乱的中心赶去……

那怪鸟体型巨大，周围的动物都被它掀飞了，哀号声此起彼伏，刚刚还直直狂奔而来的动物，此刻顿时又像受惊的兔子，四下逃逸开来……

蔺月绡很快冲到怪鸟的面前，竟然赤手空拳与它搏斗。

在洛希亚的视角看不到的地方，蔺月绡翻飞的双手凝聚出一抹银白色的光，那光像萤火虫之光一般，从破碎到集结，最终在他的手心里凝结成一把光箭……

蔺月绡抓着那把光箭，往怪鸟身上扑过去。那怪鸟虽然体形巨大，它的动作却敏捷异常。蔺月绡手中的光箭对准它射了好几次，却都被它轻松闪过了。

躲在远处树上的洛希亚因为担心蔺月绡，视线一直紧紧盯在他身上，尘土飞扬的混乱场面中，她看到蔺月绡手中不断反射出的银白色光芒。那光芒像是某种金属武器折射出来的光芒，又像是身上的配饰折射出来的光芒。

洛希亚看不太清楚，只是隐隐觉得很眼熟，好像曾经在哪儿见过似的。

当狂风稍微平息一些后，洛希亚终于看清了那光芒的来源，那银白色的光在蔺月绡的指尖汇集，变成犹如实质的光箭。

怪鸟被光箭射中，立刻发出惨叫，它被击中的部位出现肉眼可见的伤口。

洛希亚震惊地瞪圆了眼睛，她不敢置信地揉揉眼睛，还以为是自己产生了幻觉。

可是眼前发生的一切都在切切实实地告诉她，她的眼睛并没花。

一番搏斗下来，蔺月绡体力不支，出招越来越吃力，应对反应也越来越慢。见状，怪鸟抓住这个时机，发出一声怪叫，竖起双爪凌空朝蔺月绡抓去。

它下降的速度之快，如同破空的利刃，蔺月绡闪避不及，眼看就要被抓上。

一个身影突然从旁边闪现，伸手将蔺月绡拽开，他才险险避开。而那怪鸟的爪子所落之处，立刻出现两个巨大的洞，一时间乱石飞溅……

“钦丕？”那个人影惊讶地喊出声。

蔺月绡回过头定睛一看，眼神顿时变得颇为复杂。

“多谢相救，只是不知道向先生怎么会在这里？”

向野穿着一身休闲套装，那双灰褐色的眼眸中退去了平和，闪过锋芒毕露的野性。他咧起唇，露出一个嘲讽的笑容，冷声道：“这句话应该是我问你才对，蔺先生不是应该在鹿宫大学的实验室里吗？怎么跑到这儿来了？”

怪鸟见自己偷袭失败，再次嘶吼着拔地而起，它全身笼罩在一层淡淡的红色薄雾中，看上去诡异而瘆人。

因为多了一个向野，蔺月绡一直处于下风的窘境立马有了反转。

“我攻击头，腹部软肋交给你了！”蔺月绡道。

“好！”向野点头。

两个人配合得天衣无缝，如同已经合作多年的搭档。在他们合力之下，怪鸟很快败下阵来，被两个人送入了暴风的中心。

随着怪鸟的消失，原本卷得越来越高的飓风也突然消失得无影无踪。蔺月绡和向野站在原地，对视了一眼，默契地将地上画着的奇怪图腾破坏殆尽，随后才起身，沉默地转身往回走。

向野忙着打电话叫人来善后，而蔺月绡走到大树下，将洛希亚从树上抱下来。

洛希亚看也不看他，眼睛直愣愣地瞪着怪鸟消失的方向，还没从震惊中回过神来。

“小亚，没事了！”蔺月绡出声提醒。

洛希亚猛地一哆嗦，像是被突然惊醒，她抬头看向蔺月绡，眼中充满恐惧。

蔺月绡感觉自己被深深地刺痛了。

“你……你是什么人？”洛希亚害怕地抱紧怀中的煤球，因为用力过度，煤球发出一声惨叫，挣扎着逃出了她的怀抱。

“你都看到了？”蔺月绡问。

“刚才那只鸟……你们做……做了什么？”洛希亚语无伦次地问。

蔺月绡柔声安抚：“你先别害怕，我不会伤害你的。”

想起刚才蔺月绡奋不顾身救她的模样，洛希亚眼中的害怕这才稍稍淡去：“我要听你的解释。”

“好吧。我也不知道那只怪鸟是怎么出现的，我只能说，它是一种凶兽，放它出来的人，背后一定是没安好心的。”说着，蔺月绡看了一眼远处打电话的向野，蹙紧了眉。

“那你手上那个白光是怎么回事？”洛希亚见蔺月绡有意搪塞过去，追问道。

“那个白光……我一时半会儿跟你解释不清楚。简单来说，这是我的一种能力，在基因改造的基础上实现的。刚才的那只怪鸟，叫钦丕，也是通过基因改造才会变得如此可怕，具有杀伤性。”

“钦丕？等等，那不是《山海经》中的凶兽吗？你可别告诉我，你说的钦丕，和《山海经》中的钦丕，是同一种生物……”

蔺月绡笑了，他摇摇头：“现代社会当然不可能出现那些远古时代的生物。是有人根据它们的外形，融合改造各种动物的基因，而培养出来的一种怪物。它们的能力虽然不像神话故事中描写的那么神奇，却也足够有杀伤力了。”

“难道说上次的火灾事件……”

蔺月绡打断了她：“我只能告诉你，这两次的事情都不是我做的，而且我现在也不知道到底是怎么一回事。”

尽管蔺月绡很多地方说得语焉不详，但洛希亚还是选择了相信他，她露出如释重负的笑容：“谢谢你救我！”

看到打完电话的向野朝他们这边走过来，洛希亚忍不住好奇，再次

问：“那向大哥呢，他跟你拥有一样的能力吗？”

蔺月绡走近两步，将脸凑近她的眼前：“你好奇心太重了。”

“可是……”

洛希亚还想说什么，蔺月绡忽然低头，在她的额前印下一个轻吻。

“你……”她震惊地瞪着蔺月绡，僵在了原地。

还没等她反应过来，蔺月绡抬手在她眼前轻轻一挥，只见一道白光闪过，她当即失去了意识。

失去意识前，她看到蔺月绡满含歉意的脸。

“对不起，但是为了你，我必须这么做。”

第八章

心碎是无声的飘落

1

“缺少了启动能量的晶石……”

“有人改造出了钦丕……”

“基因改造……”

迷迷糊糊中，洛希亚听到有人在她的耳边争吵着什么，她想要仔细听清楚，然而下一秒从脚底传来的剧痛让她瞬间惨叫着清醒了过来。

她发现自己正躺在一张躺椅里，一个穿着白大褂的医生蹲在她的面前在给她治脚。

洛希亚蹙紧眉头，突然一时间想不起来自己为什么会身在这里：“这是哪里？我怎么会在这儿？”

闻言，医生抬头看了她一眼，轻声解释：“这里是野生动物园的医务室，刚才象群发生暴乱，你崴伤了脚，被吓晕了过去。”

随着医生的话语，洛希亚的脑海中逐渐浮现出之前发生的事情，不过……听到最后，她却觉得好像有哪里不对。

但是到底是哪里不对，她一时间却又说不上来。

就在这时，医务室的房门被推开了，蔺月绡和向野一前一后地走了进来。

洛希亚正奇怪向野什么时候出现的，就听蔺月绡轻哼着抱怨：“哼，早知道这次是跟你们公司合作，我就不过来了。”

随即，跟在他身后的向野也不客气地表示：“那真是不巧，如果早知道这期请来的动物学家是你，我宁愿这期的拍摄开天窗。”

说话间，两个人这才发现洛希亚已经苏醒。

那瞬间，蔺月绡脸上的表情有点儿奇怪，但是很快，他便若无其事地问道：“你醒了？”

“你们是不是早就认识了？”洛希亚忍不住好奇地问。

对此，两个人的反应是异口同声地摇头：“不认识！”

由于脚伤，洛希亚只好请假在家休息。

她总是不由自主地想到蔺月绡奋不顾身来救自己的模样，心里不禁甜丝丝的。因为在家闷得发慌，这天洛希亚决定整理一下自己的房间，在整理各种包包的时候，她无意间翻出了之前她被野狗追，后被向野救下，捡到的那块奇怪的黄绿色石头。

对着窗外照射进来的阳光，洛希亚仔细观看着那块石头，在阳光的照射下，它看上去非常夺目。

“这块石头到底是什么材质的？真漂亮！”洛希亚反复摩挲着手中的石头，石头上的纹路很特别，“这上面的花纹到底是使用什么方法画上去的，还是本来就长这样啊？”

折腾了好一会儿，也没有看出个所以然来，洛希亚便顺手把它跟那些她以前出去玩时捡来的石头放到了一起。

就在她去洗手间的工夫，平日里一直懒洋洋的酸奶居然跳上了她的书桌，正趴在桌上，伸着爪子扒拉着那块石头。见洛希亚进来，它立刻叼上石头就跑。

“酸奶，你干吗呢？”洛希亚笑着唤道，任性的猫儿却头也不回地跑离了她的房间。

洛希亚虽然有点儿惊奇酸奶居然也会有这么敏捷的时候，但也没有在意。她摇了摇头，感叹道：“不就是一块捡来的石头吗？瞧它给宝贝的……”

不过，酸奶虽然很喜欢那块石头，但是总会到处丢，洛希亚只当是动物喜新厌旧的习性，每次她在家里的哪个角落看到了，都会下意识地捡回来，毕竟还是一块挺漂亮的石头呢，然而不久后她就会发现酸奶又把它叼走了……

休病假这几天，洛希亚的大脑也没闲着，她心里一直存着一个疑问，就是蔺月绡当时是怎么做到徒手让一只成年大象倒下的。她知道蔺月绡对于动物一直挺有亲和力的，但是在野生动物园上演的场面，怎么也不像仅仅用“亲和力”三个字所能解释的。

在洛希亚纠结着要不要找蔺月绡问个清楚时，不知不觉中，她的脚伤已经养好了。

她准备返校的当天下午，无意间听到洛爷爷接了一个电话，从对话中，洛希亚发现是火灾事件又有了新的进展。

洛爷爷挂断电话后，洛希亚立刻缠着他问：“爷爷，刚才的电话是怎么回事？是火灾事件有了线索吗？”

洛爷爷从阳台回到客厅，在沙发上坐下，这才慢悠悠地说：“对，听说是找到了新的嫌疑人。”

之前蔺月绡被带去派出所问话的事情，洛爷爷是后来才知道的，对此，老人家发了老大一通脾气，怪办事的警察在胡闹。

洛希亚也不知道蔺月绡到底是给自家爷爷下了什么迷魂药，自从他在家中住了一个多月后，洛爷爷就对他赞不绝口。

洛希亚不过是站在警察的角度上，对蔺月绡展开了一番合理的怀疑，也被自家老爷子狠狠骂了一顿，简直偏心得厉害。

听到爷爷说找到了新的嫌疑人，洛希亚顿时紧张了起来：“是谁呀？是我们认识的人吗？”

洛爷爷奇怪地看了她一眼：“你为什么觉得会是我们认识的人？上次小蔺的事情不都说了是误会吗？”

“我就是随口那么一说，您别误会！”洛希亚赶紧解释。

洛爷爷这才继续说道：“你不认识，不过这个人倒是挺有名的，贪狼生物你知道吧……”

不等洛爷爷说完，洛希亚便不敢置信地打断了他：“您说的那个人不会是向野吧？”

“你知道他？”洛爷爷有点儿意外。

洛希亚点点头。

然而，最初的震惊过后，洛希亚发现自己好像并不是很意外。

难道，是蔺月绡一直在对她强调向野不是好人的原因吗？

“警方为什么会觉得是他？有什么线索吗？”洛希亚又忙不迭地问。

“据说有摄像头拍到他在火灾发生的现场，加之这次你们在野生动物园遇到的动物暴动，还有他们公司这段时间会有新的产品上市，所以有关部门怀疑，这一切可能跟生物实验有关。”

洛希亚想到那天她在野生动物园的医务室里醒来，蔺月绡和向野之间流动着的奇怪情绪，想到两个人确实当时都出现在了案发现场，虽然不能肯定他们就是纵火犯，但是想来也一定与这些脱不了干系。

“不行，我得回学校一趟，找蔺月绡问清楚这件事情到底是怎么回事，他肯定知道的……”洛希亚喃喃道。

正好，顺便问问蔺月绡是如何做到制服那头大象的……

想到这儿，她立刻行动起来。

虽然在家只待了不到一个星期，洛希亚却感觉自己的生活好像彻底远离了人群似的，要收拾的东西也很多。

她来来回回收拾了一个小时，才把自己要带的东西全部准备好了。

然后她低头看了眼自己身上的家居服，在柜子里倒腾老半天，才找到一套满意的衣服穿上。

她今年过生日的时候，苏铎朵送了她一条浅粉色裙子，很适合秋天。洛希亚之前一直都舍不得穿，今天却带着某种微妙的心情穿上了。

因为这些小插曲，等到她大包小包赶回宿舍时，已经到了上晚自习的时间。

打开宿舍门后，就见蓝黎惊奇地看着她：“小亚，你怎么今天就回来啦？你的脚好了吗？”

从大二开始，学校便不强制要求学生上晚自习，因此蓝黎平常都待在宿舍里自习。

闻言，洛希亚立刻抬起自己穿着高跟鞋的脚，还转了转脚踝，笑着对她说：“早就没事啦！”

看到洛希亚脚上穿着的高跟鞋，蓝黎不太赞成地蹙紧了眉：“你的脚才刚好，怎么就穿高跟鞋了？”

“真的没事啦。”洛希亚莫名有点儿不好意思，她从书包里拎出来一个食盒，“对了，我给你带了我妈做的酱牛肉，还热乎着呢！”

“真的吗？太好了。”蓝黎开心地接过食盒，又帮她把行李提进屋，随即上下打量了她一番，“哟，今天怎么打扮得这么漂亮，有情况？”

“没有啦，就随便穿的……”洛希亚将行李放下，抱起一个特意让洛妈妈准备的素餐食盒，转身往外跑去，“我有点儿事情出去一趟，你自己先吃着，我待会儿回来再跟你聊。”说完，不等蓝黎回话，她便一溜烟跑远了。

洛希亚去了实验室，却发现实验室里只有林凯一个人在，林凯正在对着透明的恒温箱给他的宠物蜥蜴喂食，嘴里还不停发出奇怪的声音，试图逗小蜥蜴玩。

见到洛希亚，他连忙收敛了脸上的痴汉笑容，轻咳一声，故作严肃道：“你怎么来了，有事吗？”

洛希亚顾不上跟他寒暄，径直问：“蔺月绡呢？”

林凯立刻露出了然的表情：“他刚走，回住处了，你上那儿找他去吧！”

2

这是洛希亚第二次来蔺月绡的住处。

夜色深沉，月亮躲在云层后若隐若现，晚上有风，吹得人心情舒畅。洛希亚踏入小区以后，感觉自己仿佛进入了另一个世界。树影憧憧，路灯幽暗，偶尔有几个路人匆匆经过……洛希亚抱着手中还带有温度的餐盒，心里突然有点儿紧张。

随着电梯一层一层上升，到达蔺月绡所在的楼层时，洛希亚忍不住深吸一口气，迈步走了出去。

她刚踏出电梯门，便听见剧烈的争吵声。

“你不要再靠近洛希亚，我知道你靠近她想要做什么，没用的。”

洛希亚一下子听出是蔺月绡的声音，平日里，他的声音如同清泉一般，此刻却带着几分难言的冷肃。

听到自己的名字，洛希亚一惊，不由自主地停下脚步。

很快，她就听另一道熟悉的声音响了起来。

“我不明白你是什么意思，我和她只是普通的朋友关系。如果朋友之间一起吃个饭、看个展也不行的话，那好像你更应该反省吧？”

是向野，他们果然认识！

“到了现在你还想继续装下去吗？你敢说你靠近洛希亚，不是想借机从她的嘴里套出关于我和林凯的秘密来吗？如果能借此得到格非的项目秘密，就更好，是吧？”

“我不知道你在说什么。”向野耸肩。

“好，这件事情当是我过分揣测好了，那火灾的事情呢？你真的以为自己做得天衣无缝吗？警察都找上门了。很快，你就会为自己所做的事情付出代价的。”蔺月绡冷笑道。

闻言，向野恍然大悟道：“今天警察会找我，果然是你在里面做了文章。”

“如果你没做亏心事，又怎么会被人抓住把柄？”蔺月绡毫不客气地回嘴。

“呵呵，你倒是玩得一手贼喊捉贼的好套路！”

此刻的两人，已经全然没有平日里的风度，他们话语中透露出来的意思，让洛希亚瞬间僵在了原地。

“向野，你别装傻，有什么问题你大可以直接冲着我来，不要再利用她了。”蔺月绡沉声说。

“呵呵，你真是伟大呢！”向野以一种洛希亚从来不曾听过的语气嘲讽道，“别说得好像你在为她好似的，你不也是在利用她吗？”

“我不知道你在说什么。”

“火灾事故后，你为什么赖在她家里？”向野冷笑，“别说你只是单纯地想找个地方住……就算是这样，开学后，你们为什么还让她去实验室当助手？据我所知，洛希亚专业课并不好，她能对你们的实验产生多少帮助？”

这次，蔺月绡没有回答，似乎是默认了向野的话。

向野终于扳回一局，很是得意：“你没话说了吧？洛家老爷子的消息还挺灵通的，洛希亚应该告诉了你不少关键的信息吧？”

之后的内容，洛希亚再也听不下去了。

原来蔺月绡和向野都在利用她，她却傻傻地以为……以为蔺月绡对她也是有好感的。

这一刻，她突然觉得自己好像一个彻头彻尾的笑话，偏偏还一无所觉，以为自己跟别人是不一样的。

洛希亚转身朝外走去。

天空中，月亮彻底躲进了乌云中，夜色黑沉沉的，仿佛在预告有暴雨来临。

洛希亚再也顾不上欣赏路上的风景，那些树木，那些路灯，那些跟她擦肩而过的人……在这一刻，都化为黯淡的背景色。

她如同行尸走肉般，在外面晃荡了许久，直到宿舍即将门禁，才失魂落魄地回到宿舍。蓝黎被她的样子吓了一跳，连问她怎么了。

看着好友担忧的表情，洛希亚张了张嘴，最终，一句话也没有说。

“没事。”她摇了摇头，强颜欢笑地说。

蓝黎仔细地看着她，虽然知道她没有说实话，但是也没有逼迫她，只是伸手拍了拍她的肩膀，轻声道：“如果有话想要找人聊，别忘记还有我在。”

萧饶知道洛希亚回学校后，第二天下课后便来找她，美其名曰要帮她好好补补身体。

“我妈说伤筋动骨一百天，你别看你现在好像没事了，我觉得你还是注意点儿好！”萧饶说着，一把勾住她的肩膀，“都说吃什么补什么，我最近在学校又发掘了一家不错的私菜馆，他家的红烧猪蹄真的是一绝有没有？走走走，哥们我现在就带你去尝尝……”他说着，还吸溜了一口口水，做出一副馋鬼样。

原本还有点儿心不在焉的洛希亚，听到他这么说，顿时忍不住笑了起来：“其实是你自己想吃吧！”

萧饶见她笑了，这才在心中暗自松了口气，他用“看透不说透”的眼神斜睨了洛希亚一眼。

洛希亚夸张地打了个寒战，避开了他的视线。

她的视线无意中扫见不远处并排走着的蔺月绡和林凯，他们低头聊着什么，正朝这边走来，想来也是出去吃午餐的。

洛希亚整个人顿时一僵，她连忙收回视线，看向萧饶：“被你这么一说，我突然觉得自己好饿，我们快点儿走吧。”

说完，不待萧饶反应，她便径自加快脚下的步伐。

“哎哎，等等我啊！”萧饶连忙追上去，重新勾住了洛希亚的肩膀。

在洛希亚没有注意的地方，萧饶回头看了一眼他们的身后，当看到不远处的蔺月绡时，他脸上的表情立刻沉了下来。

想到自己生日那天，想到洛希亚对蔺月绡的在意程度，萧饶心里突然有点儿难过。他转过头来，看到洛希亚埋头赶路的难过模样，又忍不住有点儿心软。

“我们买个饮料带过去吧，你喜欢的海盐奶绿……”萧饶指着不远处巷子里的一家奶茶店。

洛希亚立刻点点头，等到他们走进巷子里的奶茶店时，才如释重负地松了口气。

一旁的萧饶看着她的反应，忍不住攥紧了自己的拳头。

他决定再试一次，虽然心里已经隐隐明白结果，却还是忍不住抱有最后一丝幻想。

万一……万一，他成功了呢！

3

因为苏铎朵的工作室近期会有一场新品发布会，她拜托萧饶担任首席模特，也邀请了洛希亚参加。

萧饶提前跟苏铎朵打好商量，打算借用她的场地，再一次向洛希亚告白。

这段时间，洛希亚虽然因为蔺月绡的事情一直心不在焉的，不过苏铎朵新品发布会当天，她还是强行打起了十二万分的精神。去发布会的路上，她特意去花店挑选了一束红色玫瑰，作为送给好友的庆贺礼物。

洛希亚在后台找到苏铎朵的时候，苏铎朵正穿着一身淡雅的裸色连衣裙在人群中走动着，她快速地安排和分配工作人员和模特的工作，就像一只蝴蝶似的满场飞舞。

后台堆满了各种各样的衣服和纸箱，每个人都一副忙到脚不沾地的模样，洛希亚好不容易在角落里找到一处落脚地，安静地站在一旁等待。

洛希亚最近几次见到苏铎朵，发现她都穿着与平日风格完全不同的衣服，因此洛希亚忍不住好奇起来。

等到苏铎朵的工作好不容易告一段落，洛希亚立刻把怀中的鲜花塞到了她的手上："恭喜……"

"谢谢！"苏铎朵淡淡地微笑。

"哦对了，你最近怎么换了穿衣风格？我觉得还是红色最适合你，热情又亮眼。"

听到洛希亚的话，苏铎朵的眼中闪过瞬间的黯然，但是她很快调整好情绪："我也觉得自己穿红色最漂亮。不过，只是红色穿久了，突然有点儿好奇自己穿别的颜色会是什么样子。"

洛希亚上下打量了苏铎朵一番："不过你穿其他颜色也很好看！真羡慕你啊，穿什么都这么好看。"

"我有什么好羡慕的，若说起来，也是我羡慕你才对……"苏铎朵露出一抹苦笑。

洛希亚这才注意到苏铎朵的眼下发青，看上去有点儿憔悴，虽然用粉底遮盖住了，却还是隐约看得出来，而且……仔细一看，苏铎朵比她上次见到的时候，似乎又消瘦了不少。

洛希亚忍不住担忧地问：“朵朵，你最近是不是太累了？感觉你最近瘦了好多。”

“嗯，过了今天大概就好了吧。”苏铎朵叹息了一声。

临近发布会开场，苏铎朵又被工作人员叫走了，离开前，她不忘提醒洛希亚：“马上就要开场了，你先去会场里面坐吧，记得把手机静音哟！”

洛希亚点了点头，转身离开了后台。

然而才刚脱离人群的包围，耳边那些充满烟火气息的喧嚣消弭无踪，她的心情忽地又低落了。

她不由自主地想起了蔺月绡。

那天从蔺月绡家门前离开后，她心里是委屈愤怒的。

然而愤怒过后，她心中又隐隐有点儿期待，期待蔺月绡会突然冲出来告诉她，之前的一切都只是一场误会，他并没有利用她，那只是向野在胡说八道而已。

但是……什么都没有。

虽然蔺月绡不知道她去过，也不知道她听到了什么，但林凯知道她去找过他，林凯事后肯定会问起他的。

洛希亚也不知道自己到底在幻想着什么，只是……

只要一想到蔺月绡肯定在林凯问过之后，知道她去了他家，也会猜测说不定她听到了他与向野的对话，却始终没有一句解释，甚至连试探性地问她都没有，她心中便堵得越发厉害了。

从头到尾，都只有她一个人是在乎的吧！

她的情绪不可抑制地跌落到了谷底，此时发布会的现场已经响起了主持人试音的声音，洛希亚轻轻拍了拍自己的脸颊，喃喃自语道：“洛希亚，争点儿气，为了一个不在乎你的人难过有什么用？”

走廊前面不远处就是洗手间，洛希亚决定去洗手间洗把脸，打起精神来。她刚走到拐角，白凌的声音忽地从女厕里传了出来：“你敢说你真的不嫉妒她吗？明明你学习比她努力，工作也比她出色……样样都比她强，她却可以轻而易举地得到你想要的！”

对于白凌会出现在这里，洛希亚倒是并不意外，毕竟她也算是苏铎朵的重要客户之一。

洛希亚不想碰到白凌，正要转身走开时，一道熟悉的声音响了起来：“嫉妒……怎么可能不嫉妒呢。”

是苏铎朵的声音。

那语调中的叹息和感慨让洛希亚突然心惊了一下，她不自觉地顿住脚步，突然产生一种强烈的感觉，苏铎朵说的人是她。

毕竟，白凌与苏铎朵之间的联系，除了衣服，大概就只剩下她了吧。

可是说到嫉妒……她有什么可以让苏铎朵嫉妒的呢？

如白凌所说，她样样不如苏铎朵。而且她也很羡慕苏铎朵，偶尔也期盼过自己如果能像苏铎朵一样成功就好了。

洛希亚不自觉地屏住了呼吸，这一刻，她突然特别害怕，害怕会从自己最好的闺蜜嘴里听到让她无法接受的话。

等待的过程并不漫长，很快，苏铎朵继续说：“小亚家庭并不很富有，但他们家人的关系却很和睦。小亚不用为了生计发愁，也不用担心债主随时追上门，可以自由选择做喜欢的事情。即使是因为家庭的关系，她需要承担一定的责任，比如不得不学习动物医学，却也让我嫉妒无比。我嫉妒的是这个。她的个性风风火火，没有心机，从来不藏事，相处时让人觉得很轻松愉快，所以……我能明白萧饶为什么会喜欢她，如果我是男生，我大概也会喜欢她吧！”

苏铎朵的话，让洛希亚一面松了口气，一面心里又酸酸的。

她从来不知道，原来自己在羡慕着苏铎朵的才能时，她却也在羡慕着自己的家庭和成长环境。

白凌咄咄逼人地问："所以那天我提出的条件你才不肯答应？因为你真的打算帮萧饶向洛希亚告白成功，然后眼睁睁地看他们两个人走到一起？"

"我……"苏铎朵动摇了。

门外的洛希亚听得目瞪口呆，她对萧饶打算向她告白的事情完全不知情。

白凌接着说："我听说上次萧饶过生日，他就打算向洛希亚告白的，对吗？难怪还特意拜托你为洛希亚准备小礼服。上一次虽然因为临时有事，洛希亚提前跑掉了，但是这一次呢，你能确定她不会答应萧饶的告白吗？"

听到这里，洛希亚才终于知道，上次萧饶生日办假面舞会竟然是借机向她告白……而当时的苏铎朵也加入了这个计划。

而今天，萧饶还打算再次向她告白？

洛希亚突然明白苏铎朵为何如此憔悴了，也突然明白了苏铎朵那些玩笑话背后的深意。

她突然特别心疼苏铎朵。

"那又怎么样？不管小亚的选择如何，即使她真的跟萧饶在一起，她也永远是我的朋友！"苏铎朵认真说道。

闻言，洛希亚心中充满了感动，她几乎想立刻冲进去告诉苏铎朵，她不会答应萧饶，苏铎朵也是她永远的朋友。

下一秒，白凌轻声嘲讽起来："嗬，虽然你把她当成朋友看，但是你确定她也把你当朋友看吗？"

听到白凌挑拨离间，洛希亚心中无比愤怒，她刚要冲进去，让白凌好好知道背后搬弄是非的下场，然而苏铎朵回击的话让她顿住了脚步。

"我确定！"苏铎朵坚定道。

白凌似乎被苏铎朵的回答噎住了，一时间没有出声。

“我跟小亚、饶哥，我们三个人从小一起长大。我敢说除了小亚的家人，我和萧饶是最了解她的。所以我知道，小亚绝对不会是当面一套、背后一套的人。这种感觉，你是不会了解的……”

洛希亚靠在走廊的墙壁上，这一刻，她忽然觉得自己这段时间来在他人面前所受的挫，因为苏铎朵的话顿时烟消云散了。

她心中涨得满满的，恨不能现在冲过去，狠狠拥抱住那个倔强而要强的女孩儿。

这时，音响中传来发布会即将开始的通知，洛希亚躲回拐角后，看着苏铎朵的身影消失在长廊的另一头。

对于萧饶的告白，洛希亚认真思考了一下，她不知道该如何面对接下来可能发生的事情，所以……最终，趁着发布会正在进行时，她悄悄从后门离开了。

离开前，她分别给萧饶和苏铎朵发了信息：**抱歉，朵朵（萧饶），我临时有重要的事情要回去学校一趟，下次再给你们庆祝！**

发完信息以后，她将手机关机，步伐轻快地离开了。

4

萧饶走上T台，看到观众席预留的位置上没有洛希亚的身影，隐隐察觉到不对。

果然等走秀结束后，苏铎朵就跑过来告诉他，洛希亚发信息说有事先行离开了。萧饶打开背包翻出手机，发现他也收到了一条一样的信息。

他心中已然明白了洛希亚的意思，顿时苦笑一声，对身旁正紧张地看着他的苏铎朵说："算了，就当没有这回事吧！看来我和她是真的没有这个缘分。"

看着萧饶脸上自信的表情消失得一干二净，苏铎朵心中说不出的难过。

她突然觉得，如果能让萧饶永远保留着开心的笑容，做那个无忧无虑的小纨绔，她宁愿他跟洛希亚在一起，也好过现在看他这样苦涩。

"你别太难过了，刚巧碰上小亚临时有事也没办法。要不然，下回我再帮你好好想个地方，咱们找个远点儿的地方，这样也不至于临时有事。"苏铎朵伸手拍了拍萧饶垮下来的肩膀，温柔地安慰道。

萧饶抬起头轻笑："算了，能一直当朋友也挺好的。走吧，是不是该我们一起上去了……"

"嗯。"苏铎朵点了点头，萧饶便一把搂住她的肩膀，两个人一同朝T台上走去。

虽然再次告白失败的事情让萧饶心里很失落，但是第二天，他还是去找了蔺月绡。

见到萧饶找上门来，蔺月绡很意外："你……来找我有什么事情吗？"

情敌见面分外眼红，尤其是对方一点儿情敌的自觉也没有，越发让萧饶生气。

"我已经知道你们的身份了。我来这里，只是想要告诉你，不管你

来这里的目的是什么，希望你不要把洛希亚牵扯进去。否则，我不会放过你的。”

萧饶原本已经做好了准备，接受蔺月绡的嘲讽，然而他没想到，对方只是沉吟了半晌，便看着他认真地说：“我也不想的。如果可以的话，希望你能保护好洛希亚。”

蔺月绡这样慎重的态度并没有让萧饶松一口气，反而让他越发难过了。

他看得出来，蔺月绡对洛希亚也有好感，但是……一个男人如果愿意承认自己的不足，希望借由情敌来保护自己喜欢的人，那么只能说明，敌人的能力是蔺月绡所无法掌握的。

萧饶那天晚上调查的问题虽然有了结果，但很多资料无迹可寻，光是看到调查出来的结果，便已经让他如此不安。

他始终弄不清楚，蔺月绡他们出现在这里的目的是什么，又跟洛希亚有什么关系。

“如果你连保护她的能力都没有，为什么要把她卷入你的生活？”萧饶愤愤不平。

“我发现的时候已经迟了，所以我现在只能努力跟她保持距离。”

“但愿你能说到做到！”萧饶说完就要离开，蔺月绡突然叫住了他：“我有一个关于小亚的问题，一直想问你们……”

萧饶回过头，静静地看了他一会儿，才开口：“你问。”

“你知道她为什么会那么抗拒手术吗？”

根据观察到的情况来看，蔺月绡和林凯一致认为洛希亚的情况极有可能是小时候留下过阴影。如果有人知道答案，作为洛希亚的青梅竹马，萧饶毫无疑问是最好的人选。

果然，听到蔺月绡的话，萧饶的眼神闪了闪，他回过身，叹了一口气：“不知道你有没有听小亚说过，我们小时候被绑架过的事情？”

见蔺月绡摇头，萧饶接着说：“我五岁多的时候，因为家里有钱，被人绑架过。当时小亚才四岁多，因为跟我在一起玩，被那些人一起绑架了。绑我们的那些人，一直在关押我们的屋子里做着动物实验，因此我们被逼看了好几天，目睹着那些动物鲜血淋漓地死去。她的心理阴影就是那个时候留下的。”

听完萧饶的话，蔺月绡顿时蹙紧了眉头，想到洛希亚小时候所遭受的一切，他的心里忽然有些疼。

等到萧饶离开实验室，林凯才从手术室里走出来，看着萧饶离开的方向，优哉游哉地问：“情敌都来砸场子了，你还不打算去找洛希亚解释清楚？”

蔺月绡眸色沉沉，看着窗外的天空，沉声道：“暂时先这样吧。跟我们保持距离，对她才是最安全的。”

“唉！我看那孩子失魂落魄的样子，简直可怜死了！怎么就让她碰上了你这么一个冷心冷情的人。”林凯感慨。

蔺月绡轻飘飘地看了林凯一眼：“说得好像你是一个热心的人似的。”

林凯沉默了。

自从那天从苏铎朵的新品发布会回来以后，洛希亚就想通了。

既然蔺月绡不愿意解释，就不解释吧。为了一个利用自己的男生而失魂落魄，她简直太没用了。

洛希亚决定奋起。

见到她振奋的样子，蓝黎跟着松了口气。

这天是一个阳光明媚的周末，蓝黎特意邀请洛希亚出去吃大餐。

洛希亚想到自己已经放了萧饶两回“鸽子”，虽然无法回应他的感情，但是买点儿礼物回赠一下他也是应该的。

两个人坐车去了市中心，一番购物之后，正打算去吃饭时，蓝黎突然想起来她的洗面奶要用完了。

“小亚，你在这里等我一下，我去专柜买个洗面奶，很快的……”蓝黎将洛希亚按在休息长凳上，便转身匆匆离开了。

洛希亚百无聊赖地看着手机，正要站起身伸个懒腰，就见一个熟悉的人影朝她这边走来。

蔺月绡戴着一顶黑色的鸭舌帽，穿着一件足够装下两个他的宽松印花T恤，配着一条黑色修身长裤，脚上蹬着一双黑色运动鞋，脖子和手上戴着许多她平日里没见过的银饰，乍一看像不羁的街舞少年。

此时洛希亚已经躲避不及，她以为蔺月绡会像之前那样，假装没有看到自己。但令人意想不到的是，蔺月绡居然笑嘻嘻地朝她径直走了过来：“嗨，小亚，今天心情这么好，来逛街吗？”

洛希亚惊讶地瞪着他，一时间忘了反应。

见她没有反应，蔺月绡自顾自地在她身旁坐下来，歪着脑袋，伸手在她眼前挥了挥：“嘿，发什么呆呢？回神了！”

蔺月绡在做了那么伤人的事情之后，为什么还能笑得若无其事，坐在她的身边呢？

“你是怎么做到的？”洛希亚问。

“什么？什么怎么做到的……”蔺月绡眨巴着那双漂亮的灰蓝色眼眸，脸上写满了疑问。

“为什么你明明做了那么可恶的事情，现在却能装作一脸无辜的样子出现在我的面前？”洛希亚试图从蔺月绡的眼中找到哪怕一丝的内疚和歉意。

蔺月绡的瞳孔突然缩了缩，他不自觉地咽了一口口水，这才干笑着问：“发……发生什么事情了？为什么突然之间这么说，是我做错什么事情，惹你生气了吗？”

“别装了，那天你和向野的对话我都听到了！”洛希亚不想再和他拐弯抹角，直截了当地说。

“啊？”蔺月绡的脸色终于变了，洛希亚看不懂他的表情，他似乎是激动，又似乎是疑惑，“他……我们说什么了？”

“到了现在，你还想继续装下去吗？”蔺月绡始终不肯正视问题的态度，让洛希亚心中这段时间以来积压的情绪终于爆发了出来，她厉声责问，“难道在你看来，利用我真的是一件不值一提的事吗？所以你才会一点儿内疚也没有。这么多天以来，你像什么事情都没发生的样子，现在甚至若无其事地跟我打招呼！”

似乎被洛希亚质问的语气吓到了，蔺月绡有些慌乱，他看着洛希亚，手脚都不知道该往哪里放，“我……我不是这个意思，我不知道……不知道……”

连蔺月绡自己也不知道该如何接下去了。

洛希亚冷笑一声：“蔺月绡，我告诉你，我看不起你！”

听到她的话，蔺月绡像终于找到了话题的切入点似的，一副跟她同仇敌忾的样子：“没错，我也挺看不起……我自己的。”

洛希亚简直要被蔺月绡不要脸的程度给气炸了，她伸手推了他一把，怒道：“滚滚滚，赶紧滚！我再也不想看到你了！”

大约是看她实在太生气了，蔺月绡这才举手做投降状：“行行行，我走我走，你别生气了！”

蔺月绡的身影很快消失在眼前，好一会儿，洛希亚都没缓过神来。

太……太无耻了。

奇怪的是，这次的她居然并不觉得很伤心。

静下来想一想，她还生出了一种啼笑皆非的感觉。

就当是借此认清了一个人吧，也算是给自己的教训了！

蓝黎买好东西回来后，就见洛希亚一个人怔怔地站在原地。等她问清楚事情的缘由，伸手拍了拍洛希亚的肩膀，安慰道：“走吧，管他的真面目是什么。咱们去好好吃一顿，忘记所有不愉快！”

“嗯。”洛希亚点点头，两个人手挽着手离开了。

第九章

银白色记忆之钥

1

这天晚上，洛希亚做了两个梦。

梦里的她又回到了麋鹿峰上，天空中挂着一轮巨大的红月。

洛希亚心里隐隐知道，她这是梦回观赏超级月亮的那个夜晚。

此刻，她为了寻找最佳的拍摄地点，不知不觉与人群越来越远。

有隐隐的水流声吸引了她，她循着声音传来的方向走去，不久后便看到一条在月光下闪烁着银白色光芒的瀑布。

洛希亚暗自惊喜，心说自己这次一定能拍摄出满意的作品了。

瀑布坠落深潭的巨大水声盖住了其他的声音，等到走近了，洛希亚才发现，一个穿着白色短袍的男生正在跟一群狼打架。

男生身下似乎骑着什么动物，由于夜色昏暗，她只能看到有四只白色的脚在地面上不断移动。

直到男生伸手一把掀飞了凑到他近前的一只狼时，洛希亚终于看清了他的脸。竟然是蔺月绡！

但让洛希亚感到惊奇的是，此刻的蔺月绡有着一头银色的长发，随着他的动作，在他的身后翻飞。

趁他掀飞一只狼的时候，其他的狼无声无息地围了上去。

洛希亚的心脏猛地一紧，不禁担心起蔺月绡的危险处境，然而接下来发生的事情让她不敢置信地瞪大了双眼——

只见蔺月绡身下的那只兽突然腾空而起。

在银白色瀑布的反光下，洛希亚看清楚那是一只扑扇着翅膀，近似于黑豹的动物，它四只爪子雪白，在空中踩动着。

她一眼认出那是蔺月绡的爱宠煤球。

随即，像是嫌她受到的惊吓还不够似的，蔺月绡的指尖突然出现了一抹银白色的光芒，不多时，那银白色的光芒幻化成一支支的光箭……

见此情景，太过震惊的洛希亚终于忍不住发出一声尖叫，骑着煤球的蔺月绡被她的叫声惊扰到，手指一抖，他下意识地朝她的方向看了过

来：“谁？是谁在那里？”

蔺月绡手中的光箭失去了准头，一只狼趁机偷袭，蔺月绡躲避不及，被那只狼挠了一爪子，顿时坠入了深潭。

在他坠落之前，手中的光箭及时发射了出去，几只被射中的狼纷纷哀号着软倒在地上。而那只偷袭成功的狼成功躲避开来，它始终不肯退去，在岸边徘徊，想要等蔺月绡上岸，再寻找机会袭击他。挥着翅膀的煤球机敏地与它缠斗着，一猫一狼撕咬得不可开交。

别看煤球的体量不如那只狼，攻击的力度却一点儿不输凶猛的狼。

就在煤球与狼缠斗时，蔺月绡从深潭里冒出了头，他游到岸边，爬了出来，向洛希亚走去。洛希亚后知后觉地察觉到了危险，转身就想跑，被蔺月绡一把抓住了手臂。

“等等……”

“你干什么？我……我什么都没看到……”洛希亚尖叫着，推搡着蔺月绡，想要摆脱他的束缚，蔺月绡却更加用力地抓紧她的手臂，随即，他手中的银白色光芒再次出现。

想到那些狼的下场，在蔺月绡抬手往她的额头按过来的瞬间，洛希亚惊恐地使出全身的力气，将蔺月绡推下了深潭：“救命——”

然而因为蔺月绡的另一只手还紧紧地抓着她的手臂，因此两个人一同掉下了深潭。

“呃……咕噜噜……救……救命……”

冰凉的潭水淹没了两个人，洛希亚拼命地挣扎着，她不会游泳……她眼前一阵发黑，窒息的感觉席卷了她的胸腔，这时，蔺月绡的手按在了她的额头上。

突然一阵天旋地转，等到洛希亚再次睁开眼时，眼前的世界已经完全变成了另外一番模样。

广袤无边的草地，湛蓝如洗的天空，以及奔涌而来的兽潮……

洛希亚顿时打了一个哆嗦，她意识到，自己这是又梦回到前不久去过的野生动物园。此刻，蔺月绡正抱着她，而大群的野生动物正朝着他们的方向拥过来。

蔺月绡将她放到一棵大树上，随即转身向动物们冲去。

就在这时，一只怪鸟突然出现在天空中。

“天啊，那是什么东西？”那只怪鸟的存在超越了她的认知，她忍不住惊呼道。

蔺月绡再次召唤出指尖的银白色光芒，向野突然出现，跟他协力，一起将那只怪鸟送走了。

事情解决完后，蔺月绡在她的额上落下了一个轻吻，还没等洛希亚反应过来，对方便再次用同样的招数，将手指按在了她的额头上……

“不要——”洛希亚大叫一声，从床上惊醒过来。

窗外正在下着暴雨，洛希亚喘息着，听着窗外滴滴答答的雨声，好半天才回过神来。

刚才的梦境是怎么回事？为什么会如此真实？

洛希亚想到超级月亮的第二天，她从医院的病床上醒来，发现自己失去了一段时间的记忆，当时医生说是受到惊吓的正常现象。

她又想起那之后不久，她从野生动物园里醒来，也觉得自己好像遗忘了什么。

是蔺月绡抹去了她的记忆吗？

想起蔺月绡落在自己额头的那个吻，洛希亚忍不住抬手抚摸起自己的额头来，那里似乎还残留着蔺月绡嘴唇的柔软触感……她的心脏忍不住狂跳了起来。

“对不起，但是为了你，我必须这么做。”

在她失去意识前，蔺月绡对她如是说，此刻不断在她的耳畔回荡。

蔺月绡到底是什么意思？最近这段时间，他反常的行为也与这一切有关吗？

“蔺月绡，你到底想要做什么？”

2

第二天早上，天空晴朗，空气中带着几分泥土的芬芳。洛希亚早早起了床，想到昨晚的梦，她决定找蔺月绡问个清楚。她不相信蔺月绡靠近她，只是为了利用她。

好不容易熬到下午下课，她迫不及待地朝实验室跑去。

这段时间，洛希亚虽然不知道他们在忙什么，但她知道蔺月绡和林凯两个人总是成日待在实验室里，甚至晚自习下课时，他们都还在实验室里埋头工作。

这些都是洛希亚从两个人的粉丝那里得知的。他们的粉丝在学校的论坛里建了一个帖子，记录的全是蔺月绡和林凯的日常，洛希亚原本从不看这类东西，不过现在托她们的福，她能准确地知道两个人的动向。

说起蔺月绡，就不得不提他的头号迷妹白凌。上次在发布会现场，白凌挑拨苏铎朵与她的关系，被她无意中听到了，至此，她对白凌厌恶到了骨子里。

她从没如此讨厌过一个人，想着如果白凌下次再这样对她，她一定不会善罢甘休，却没想到从发布会回来后，白凌突然变了个性子似的，不再针对她，甚至对她道歉："真羡慕你能拥有苏铎朵那样的闺蜜，关于蔺月绡的事情，我向你道歉，以后我会跟你公平竞争的。"

闻言，洛希亚冷哼了一声："我接受你的道歉，但是公平竞争，让它见鬼去吧！"

此刻，来到实验室门外的洛希亚深吸了一口气，鼓起勇气敲响实验室的大门。

开门的人是林凯，一见是洛希亚，不等她开口，便径直让开一步："来找月绡的吧，他人在里面。"

洛希亚道了声谢，林凯点点头走出了实验室，离开时，他带上了实验室的大门。

实验室里，蔺月绡正对着一排笼子记录着什么，听到林凯的说话声，他抬起头："谁找我？"

看到是洛希亚，他有点儿错愕，愣了一会儿才放下手中的本子，朝洛希亚走去："你……找我？"

洛希亚盯着蔺月绡那只拿着本子的手，在梦中，那只手曾经幻化出银白色的光。

"为什么要抹除我的记忆？"等到蔺月绡走到她的面前，洛希亚开门见山地问。

听到她的问话，蔺月绡的眼睛剧烈地闪了闪，但是下一秒，他做出一副疑惑的模样："你在说什么？"

"蔺月绡，你别想骗我，我已经想起来了，不管是麋鹿峰的事情，还是野生动物园的事情……"洛希亚严肃地盯着蔺月绡，想要从他的一举一动中看出蛛丝马迹。

"我真的不明白你在说什么，你是不是睡糊涂了？"蔺月绡蹙眉，脸上的茫然恰到好处。

蔺月绡说得太真诚，她几乎要相信蔺月绡的话。幸好她思来想去了一夜，把从前觉得所有不合理的地方都分析过，确认她梦中的事情的确是发生过的。不然又要被蔺月绡蒙混过去。

"是吗？那咱们用事实说话好了！"

洛希亚扫视了一周，目光很快锁定在一条被关在笼子里的蝮蛇，她深吸了一口气，朝铁笼直奔而去。蔺月绡还没搞懂她要做什么时，她已经动作利落地打开了铁笼的门，徒手就往笼子里抓。

蝮蛇的蛇头长得很像鳖头，身上带有诡异的花纹。

在洛希亚的手碰触到冰凉的蛇皮瞬间，蝮蛇立刻像感受到了危险似的，登时竖起脑袋，对着洛希亚的手快如闪电地袭击过去。

洛希亚却像对此刻的危险一无所知，她回过头死死地盯着蔺月绡。

蔺月绡惊出了一身的冷汗，他再也顾不得什么，抬手就对蝮蛇挥出一道银白色的光束。

只见原本凶猛的蝮蛇，瞬间像被控制住了似的，温驯地蹭了蹭洛希亚的手心。

洛希亚这才后知后觉地感到害怕，她忍不住打了一个寒战，连忙收回自己的手，迅速关上铁笼："你还要继续装傻吗？刚才那道光是什么，你告诉我？"

蔺月绡瞪着洛希亚，好一会儿，才咬牙切齿地说："你知不知道那是蝮蛇？有剧毒的！"

她还真的不知道……

洛希亚心里暗暗咋舌，面上却嬉皮笑脸的："不是有你吗？我相信你。"

蔺月绡叹了口气："下次别再做这种危险的事情了，要是我没有及时出手呢？"

洛希亚惊喜得从地上跳了起来："这么说，你这是承认了？"

蔺月绡抿着嘴，沉默一会儿后，终于艰难地点了点头。

"为什么要抹掉我的记忆力？"洛希亚趁热打铁地追问。

"因为我们特殊的能力，我的族群一直生活在远离都市的地方，但是近年来，我们族人的能力在逐渐退化，因此我只身出来，想要找林凯和我一起研究能力衰退的原因。我出来后，还没来得及找到林凯，却先出了一系列的意外。火灾事件我本来不打算多管闲事的，但当时在现场，我发现了祸斗的身影。"

"祸斗？是你之前所说的，跟钦丕一样的基因改造物种吗？"

蔺月绡点点头："没错。当时我恰好经过，听到了祸斗的吼声，便忍不住闯进去处理了它，没想到后续却会引出这么多的麻烦。上次在野生动物园也是一样的情况……本来我还不确定到底是谁在研究这么危险的动物，不过现在，我开始怀疑很有可能跟向野有关。"

"可是……"洛希亚还想再追问什么，蔺月绡却猛地打断了她："事情大概就是这样。"

想到上次她偷听到的谈话，洛希亚又问："那你们之前说的试探是什么意思？"

"因为向野在利用你，探听我的事情。"

"那住进我家，让我一直在实验室帮忙呢？你是利用我，为了从我爷爷那里得到案件进展的关键吗？"

蔺月绡叹息着扶额："一开始我决定留下来，是因为听到你提林凯，得知他近期不在家，而你家是开宠物医院的，我就想不如趁此住下来，也顺便能知道林凯什么时候回来。后来从你口中听到了生物研究中心那边的研究发现，对我有一定的帮助，但是我主要目的并不是这个。"

"那你让我在实验室帮忙是为什么？"洛希亚奇怪道。

"我只是希望能借此让你克服心中的阴影，爱上动物医学。你不觉得这是一个很有爱的专业吗？"

"好吧……"蔺月绡这么一解释，一切都说得通了，洛希亚只好点点头，她忽然想起了什么，有点儿不好意思地问，"那个……在野生动物园消除我的记忆之前，你……为什么要亲我？"

3

没想到洛希亚会这么直白地问出来，蔺月绡当即一怔，脸上露出几分不好意思的神情来。

他看了洛希亚一眼，马上又移开了视线，那张平日里总如月光一般莹白的脸，此刻也终于染上了一抹桃花似的红润，那红晕一直顺着他的脸颊蔓延到耳根，又一直蔓延到脖子。

见蔺月绡这副模样，洛希亚心里反倒不紧张了，见他迟迟没有回答，她有点儿焦急起来，忍不住追问："你……到底什么意思呀？"

"你自己不是已经知道了吗？"蔺月绡不太自在地回道。

蔺月绡越是这样，洛希亚便越觉得心里痒痒："你不说，我怎么知道你是什么意思？"

"就……就是你想的那个意思。"蔺月绡说完，迅速走回到办公桌前，倒腾起桌上的实验报告来，装出一副"我很忙"的模样。

洛希亚站在一旁，看着蔺月绡略带慌乱的动作，抿嘴偷笑。

虽然她没什么事情要问了，但还是留在了实验室，蔺月绡这次倒是没有再赶她走，两个人之间没有太多的交谈，空气中却弥漫着说不出的暧昧气息。

洛希亚装模作样地帮蔺月绡收拾桌子，无意间，她视线扫过一幅画，顿住了手中的动作："这是什么？"

闻言，蔺月绡抬头看了一眼，回道："这是我在两个事件发生地点发现的图腾，类似一个聚集能量的传送阵，中间的部位应该有一块能量晶石才对，那个人三番两次地闯进来，也许是在找能量晶石。"

洛希亚点点头，总觉得图腾很眼熟："我感觉自己应该看到过，可是我怎么也想不起来了。"

听到她的话，蔺月绡顿时兴奋起来："真的吗？"

但是很快，他又泄气道："你说的，应该是上次你在生物研究中心看到的吧？"

洛希亚没有说话，但是她心中总有一种她不止一次看到过的直觉。

从实验室出来以后，因为时值星期五，洛希亚便打算回家过周末。

回家的路上，洛爷爷给她打了一通电话，让她顺道给酸奶带条小黄鱼，洛希亚答应后，突然发现她会觉得那个图腾如此熟悉的原因了。

她当初在小巷里捡到的那块黄绿色的石头上，印着的图案可不就是那个图腾吗？

想到这里，洛希亚立刻打通了蔺月绡的电话："蔺月绡，我想起来在哪儿见到过那个图腾了，我也知道你们在找的那块晶石在哪里了。"

"你在哪儿？"听闻，蔺月绡立刻急切道。

"我在回家的路上，我跟你说……"

"你就在那儿等着我，我马上过来！"蔺月绡挂断了电话。

洛希亚只好站在原地等候，不过一分钟，蔺月绡便出现了。他一副优哉游哉的模样，嘴里还叼着一根棒棒糖，换下了身上的白大褂，一身嘻哈少年的打扮，一点儿都没有刚才电话里的急切。

见到她，蔺月绡脸上闪过一秒的不自然，随即朝她挥手："嗨，小亚……"

"你怎么出来得这么快？"洛希亚有些诧异。

"啊……是啊！我刚好要出来。"蔺月绡不自在地点了点头。

洛希亚没有多想，迫不及待地说："我想起来在哪儿看到过那块晶石了。我不是跟你说过，火灾那天晚上我穿过一条小巷的时候被野狗追，然后被向大哥救了吗？那之后我就在附近捡到了一块黄绿色的石头，那个石头上的图案跟我刚才在你的实验桌上看到的那个图腾一模一样。"

听到她的话，蔺月绡脸上的表情霎时变了："那块宝石被你捡到了？你放在哪儿了？"

"在我家。我本来放在我的书桌上，不过……"洛希亚话还没说完，蔺月绡便打断了她，他迫不及待地抓住她的手臂："那咱们现在就去你家拿吧。"

“你着急什么，那石头又不会自己跑掉，我带你去就是了。”看蔺月绡手忙脚乱的，洛希亚感觉有点儿好笑。蔺月绡一向性子淡然，很少有这么慌张的时候，想到不久前实验室里发生的事情，蔺月绡难得对她袒露心意，可能面对她，他多少还是有点儿不好意思。

“怎么会不着急？快点儿吧！”蔺月绡语气里带上了几分不耐烦。

洛希亚微微蹙眉，看着眼前的男生，明明两个人不久前才见过，她却突然觉得有些陌生。

难道……

在蔺月绡的心中，她还不如一块石头重要吗？

洛希亚按捺不住地问：“刚才你在实验室里跟我说的话都是假的吗？还是说这一切又是你的另一次利用？”

蔺月绡脸上闪过瞬间的茫然，但是很快，他又干笑起来：“怎么会是假的呢？什么利用不利用的，你别多想了。”

洛希亚依然抱有怀疑态度地盯着蔺月绡，不知道为什么，她觉得好像哪里不对劲。

似乎是看出她生气了，蔺月绡心虚地摸了摸鼻子，好声好气地道起了歉：“抱歉抱歉，我向你道歉好不好？我就是太心急了。小亚，你知道这个东西对我有多重要的。”

“我知道，所以我想起来后，不是第一时间就打电话给你了吗？结果呢，你一出现就这副态度。”洛希亚感到有些委屈。

听到她这么说，蔺月绡的语气变得急躁起来：“行行行，我错了。咱们赶紧去你家拿石头吧！”

说话间，他抬手一把勾住洛希亚的脖子，半强迫地押着她走到路边，准备招手打车。

“放开我，我自己会走！”这样粗鲁的动作彻底勾起了洛希亚心中的怒火。

就在这时，一辆熟悉的黑色越野车从不远处驶来，看到车牌，蔺月绡瞬间脸色大变。他一边招手示意经过的出租车停车，一边敷衍道："行，你自己走，咱们快点儿！"

出租车停了下来，不远处的黑色越野车也停了下来，而洛希亚一副不紧不慢的样子，蔺月绡再也无法忍受，他猛地推了她一把："还不快点儿！"

"你今天到底怎么了？"连番遭到这种粗暴的对待，洛希亚终于生气了，她挣扎起来，身体刚钻进出租车里，就想要再从车里出来。

与此同时，向野从那辆黑色越野车上走了下来，蔺月绡急了，不客气地警告起洛希亚来："你别再乱动，当心我对你不客气！"

洛希亚难以置信地瞪着蔺月绡，眼前的人让她觉得前所未有的陌生，就好像她从来没有真正认识过他似的。

到底哪一面的他才是真实的他？

然而不管是哪一面才是真实的他，从蔺月绡身上传来的浓重的威胁气息让洛希亚意识到了危险。

她心里恐惧起来，不知道该如何摆脱眼前的困境，要知道，蔺月绡可是拥有让人惧怕的能力。

就在这时，洛希亚突然看到向野正往这边的车道走过来，想到那天在野生动物园，她看到向野和蔺月绡一起击退了钦丕的场景，她顿时激动地大叫了起来："向大哥，救命！"

4

听到洛希亚的叫声，原本正目不斜视走在路上的向野立刻朝他们这边看了过来，一看到洛希亚和蔺月绡，他的眼神霎时变得锐利无比，快速飞奔过来。

“喂，别逼着我动手啊！”蔺月绡怒吼道。

他粗暴地将洛希亚往出租车里按，而洛希亚死死地扒住车门，拼命抵抗着，向野很快冲了过来，擒住蔺月绡的手臂。

那一刻，向野的动作犹如一只凶猛的狼，仿佛随时都可能咬断敌人的脖子。

“赶紧放手！”

似乎对向野有所忌惮，蔺月绡迅速收回了按压洛希亚的手：“我不会就这么算了的！”说完，他踏进出租车，甩上了车门，命令司机开车离开。

等到出租车绝尘而去，洛希亚浑身的力气仿佛一下子被抽空，瞬间瘫坐在了地上。

向野关切地问洛希亚：“怎么了？你们这是吵架了吗？”

洛希亚摇了摇头，身体害怕得直发抖。

“我让司机过来接我了，你是跟我找个地方聊聊刚才的事情，还是让司机送你回家？”

洛希亚想了想，想到蔺月绡那神奇的能力以及对方此刻极有可能躲在自己家里，她最后选择跟向野走。

两个人一起去了向野家。

一路上，想到蔺月绡对她的又一次欺骗，洛希亚感觉非常失望。奇怪的是，她虽然愤怒，却并没有很伤心。

他们离开没多久，蔺月绡便给她打来电话，她直接挂断他的电话，并关掉了自己的手机。

向野的家位于郊区半山腰上的一个高级住宅小区，小区占地面积非常广阔，一进小区门就会看到风景优美的园林，宽阔的车道两旁种满了植物，别墅群建造得仿如艺术品一般。

洛希亚叹为观止，虽然萧饶家也是富贵人家，可是跟向野对比起来，那真是小巫见大巫了。

他们下车后，很快有用人走过来，接过向野脱下来的西装外套，随即，向野领洛希亚去了他的茶室。

向野亲手烹茶，等到他将一杯带着清香的功夫茶推到洛希亚的面前时，才开口说："不介意的话，跟我说说怎么回事。"

洛希亚将事情的经过简单交代了一番，没想到听完后，向野也是当即脸色大变，语气变得急切不已："那块宝石在哪里？"

"在……在我家。"洛希亚被向野的反应吓了一跳。

向野注意到洛希亚受到惊吓，降低了分贝，温声道："小亚，想必蔺月绡已经跟你说过这块石头的作用了，所以，这块石头绝对不能落在居心叵测的人的手里，你知道吗？"

"我……我知道。"洛希亚嗫嚅着回答。

"刚才蔺月绡对待你的态度，你也看到了。他正是当初制造了那起火灾的人，我救你的那次，当时就是在追着他，然后遇到你的。如果让他率先拿到石头，那问题就严重了……所以，你能告诉我，那块石头你放在了哪儿吗？"向野严肃认真地道。

此刻，洛希亚满是茫然，完全分不清楚到底谁是好人，谁是坏人了。

向野和蔺月绡都说彼此不是好人……

不过比起蔺月绡来，眼下向野更可靠一些，她如实交代："我放在我房间的书桌上了，但是家里的猫有时候会叼着它乱跑。"

向野满意地伸手摸了摸她的脑袋，赞赏道："乖女孩儿。"

随即，他看向身后的助理："带人去洛家，务必要找到宝石。"

"是！"助理点头回应，转身往外走去。

等到茶室的门再次关上，向野又恢复了平静，仿佛什么事情都没有发生过似的，慢悠悠地煮起茶。洛希亚看着眼前的茶杯，却没有丝毫想要品尝的心情。她局促地坐了一会儿，越想越不安，于是开口道："向大哥，时间也不早了，那我就回去了。"

向野却回答："马上就到晚餐时间了，我们先吃饭吧。"

洛希亚不好意思拂向野的面子，只得留了下来。晚上，两个人正坐在餐厅里用着晚餐，向野的助理忽然急匆匆地走了进来，悄声跟向野说了几句话。

闻言，向野立刻放下手中的筷子，微微眯起双眼，看向一旁的洛希亚。洛希亚原本就在注意着向野的一举一动，此刻见向野深沉的眼神，她也不安地放下了筷子："怎么了？"

"小朗说，没有找到石头。"向野沉声道。

见向野眼中充满了怀疑，洛希亚连忙问："会不会是蔺月绡已经拿走了？"

"没有，我们去的时候，他还在寻找。"站在身后的助理立刻插话。

"啊？"闻言，洛希亚慌张了，"我不知道怎么回事，那块石头我真的放在家里了。我可以带你们一起去找……"

洛希亚说着就想起身，却被向野接下来的话定在了当场。

"既然东西没找到，那就委屈你在这里待两天吧！免得到时候蔺月绡狗急跳墙，做出伤害你的事情来……"

向野说完，不给她拒绝的余地，便让用人准备房间去了。

第十章

九魔一魇双子说

1

洛希亚发现自己被软禁了。

虽然向野一直对她很客气，她可以自由地在这个宅子的任意角落走动，但也仅此而已。

如果她想要离开这个宅院，那是绝对不行的。

当天晚上，洛希亚一再强调石头真的就在自己家里，应该是不知道被宠物酸奶叼到哪里去了，她希望他们不要惊扰到自己的家人。见她这么确定，向野再次派人趁洛家人不在的时候去翻找了一遍，可还是什么都没有找到。

向野的助理回来后，再次表示没有找到东西，向野深吸了一口气，看向洛希亚："小亚，你到底把晶石放哪儿了？"

洛希亚知道向野在强压着脾气，但问题是，她真的不知道石头去了哪里啊。

"我想我之前应该已经说得很清楚了，只有拿到石头，我们才能阻止蔺月绡做出危害这个世界的事情，你也不希望火灾事件和钦丕事件再次发生了吧？"

闻声，洛希亚的心如坠冰窟。

一整晚，她都没睡好，直到天亮才终于扛不住睡意，睡了一会儿。等到她从房间里出来时，就听到大厅里向野正在和蔺月绡说话。

见她出门，立刻有人上前将她拦住。洛希亚没再上前，却也没有遵从他们的意思回到房间。她站在原地，静静地听着客厅里的两个男人的对话。她的视线可以隐隐看到客厅中的人影。

蔺月绡换回了前一天他在实验室里穿的那套衣服，白色的衬衫皱巴巴的，还沾染了一点儿污迹，整个人看上去有点儿狼狈。

蔺月绡哑着嗓子朝向野喊话："向野，是个男人你就放了小亚，这件事情跟她无关，她什么都不知道！"

闻言，坐在紫檀木中式沙发上的向野嗤之以鼻："得了吧，蔺月绡，

别再惺惺作态了，昨天的事情已经让我们看清楚了你的真面目。”

“我不知道你在说什么。”蔺月绡一脸茫然。

“你还打算装下去吗？昨天你的行为已经彻底暴露了你的野心，除非你说出晶石在哪儿，我就相信你的真心，放了洛希亚。否则的话，哼哼。”向野说着，从沙发上站起来，盯着蔺月绡。

蔺月绡明显暴躁了起来：“我怎么会知道晶石在哪里？昨天我接到小亚的电话后，还没赶到她说的地方，她便已经被你抓走了。这个问题应该是我问你才对吧！你今天不打算放人了，是吗？”

“除非你告诉我那块晶石在哪儿。”

“好，那就别怪我不客气了！”蔺月绡终于忍不住对向野发起了攻击，两个人大打出手。

洛希亚彻底迷糊了。

到底哪一面才是蔺月绡的真面目，为什么一个人可以在短短的时间内这么多变？

而且最可恶的还是她自己，虽然她心中明明知道，蔺月绡出现在这里，也许根本是因为昨天晚上在她家没有找到晶石，所以如向野所说的那般，惺惺作态地回来想要糊弄她。然而一看到他出现，她的心跳却还是控制不住地加速了。

正当两个人打得如火如荼，又有人叫着冲了进来：“老大，找到晶石了！”

听到他的话，原本打得难解难分的两个人立刻放开了彼此，同时看向冲进来的人。

“晶石呢？”向野问，脸上的火气还没散去。

下属被向野充满戾气的模样吓了一跳，好一会儿才哆哆嗦嗦地举起怀中抱着的一只白色老猫：“我们用能量仪检测到了，就在这只猫的肚子里。”

“酸奶？”蔺月绡看着男人怀中的白猫，惊讶道。

像回应他似的，男人怀中的酸奶立刻嗲声嗲气地叫了起来："喵呜……"

这声叫唤像一个魔咒似的，原本已经安静下来的两个人顿时朝它扑了过去。两个人激烈的争抢让年迈的酸奶忍不住惨叫起来。

见到家里的宝贝在两个男人的争抢中惨叫，洛希亚终于忍不住，趁旁边的守卫不注意时，快速冲上前去。

"放手，放开酸奶！你们弄疼它了……"洛希亚尖叫着，试图从他们手中救回可怜的酸奶。

因为她的加入，局势顿时大变，原本势均力敌的局面瞬间逆转，蔺月绡因为她的出现而束手束脚，向野迅速占据了上风。

看着酸奶被两个人抛来抛去，洛希亚觉得自己的心都要碎掉了。

"酸奶——"

"你们别伤害它！"

洛希亚一直呼喊着，试图抱住酸奶，蔺月绡为了避开她，好几次都差点儿被向野打到。

下一秒，眼看酸奶就要被人从窗口扔出去，洛希亚再次冲上前去，蔺月绡为了护住她，被向野伤了胳膊。

向野趁机抱走了酸奶，他远远退开几步，扬声道："蔺月绡，我不知道你在耍什么把戏，但是这次，我绝对不会让你的阴谋得逞的。"

蔺月绡一只手捂住受伤的手臂，身体挡在洛希亚的面前，瞪着向野："别以为拿到石头你就赢了，我就算是死，也不会让你再召唤出异兽的。"

两个人恶狠狠地互相瞪视，洛希亚看着他们的态度，谁都不像作假，她忍不住问："等等，你们抢这块石头到底是想做什么？"

"阻止他召唤异兽！"两个男人异口同声地回答。

三个人终于察觉到了不对。

2

“等等，咱们重新再来梳理一遍，你们到底为什么会认为对方就是那个幕后的人？”洛希亚问。

蔺月绡回答：“因为有人看到了他在现场，而且你不也说他是在火灾现场附近的小巷救下你的吗？”

听到他的话，向野立刻反唇相讥：“呵呵，我当时是出现在了现场，但是我为什么会出现在现场，难道你心里没点儿数吗？我当时明明就是追着你出来的，你才是在火灾现场放出祸斗的人。”

蔺月绡一副看智障的表情看着他：“你撒谎能不能有点儿技术含量，你知道为什么警察会在火灾现场找到祸斗的残骸吗？因为是我当时重创了它，并把它送回了该去的地方，所以才会受重伤昏迷在小亚家的宠物医院门口。如果按照你所说的，是我放了它出来，而且我还被你追着跑，那为什么我又会受伤昏迷？那火灾现场的祸斗最后又是怎么被处理掉的？”

听着两个人的辩解，洛希亚弱弱举起了手，发声道：“那个……我当时确实看到向大哥追着一个人过去的……”

闻言，蔺月绡脸上的表情变得严肃起来，他蹙眉认真地问向野：“你确定那个人是我？你看到他的脸了吗？”

向野意识到了不对，他脸上针锋相对的敌意退去了，沉声道：“看到了，我可以肯定，那个人就是你。”

他突然想到了什么，又开口问：“你刚才说，昨天小亚打电话给你，随即你赶到现场，当时她已经不在了？”

“当时是你带她走的，我有没有赶到现场，你自己心里不清楚吗？”蔺月绡认真回答，脸上的神情不似作假。

向野看向洛希亚，两个人面面相觑，终于意识到问题的症结所在。

“你大概什么时候到的？”洛希亚问。

“没多久，我跑过去的，十几分钟的样子吧……”

洛希亚点了点头，她好像知道是怎么一回事了："那个……说出来你可能不信，我挂断电话五六分钟后便见到了你。你当时告诉我，你正好从实验室离开，准备回住的地方，所以才那么快……"

蔺月绡一脸不可置信："你是说——"

"还有一个人跟你长得一模一样！"洛希亚笃定道。

知道还有一个与蔺月绡长得一模一样的人，洛希亚心下松了口气。

一个人就算有千百副面孔，性格也是有迹可循的，怎么可能毫无征兆地就变成完全另外一种性格？如果是这样的，那么一切都说得通了。

随即，洛希亚又想到了另外一件事："对了，当时在野生动物园时，象群暴动，我看到你人在象群中……现在回想起来，当时那个人应该不是你吧？衣服的风格好像不太一样。"

"我当时在跟摄影师谈拍摄的方案，发现你往象群里走，才赶忙过去救你。"蔺月绡叹息了一声，"所以你当时看到象群暴动还往回冲，是因为想要去救'我'吗？"

"嗯。"洛希亚点了点头。

向野问蔺月绡："你是不是还有双胞胎弟弟？"

蔺月绡蹙眉："我是独子，没有听父母说过我有什么兄弟。"

听到他的话，洛希亚皱起了眉头："你不是说自己有个双胞胎弟弟吗？"

"我什么时候跟你说过我有弟弟？"蔺月绡一脸茫然。

"暑假，我跟萧饶他们去市中心吃饭时遇到了你。咱们一起回来的，中间你还带我去打了游戏，你忘了吗？"洛希亚有些急切地问，她的心中隐隐感觉到了某种不妥。

"我不记得有这回事……"蔺月绡摇头。

"我知道了！"洛希亚震惊地喊出了声，"我当时遇到的人应该是你的双胞胎弟弟——蔺月魇！"

原来那个人是蔺月魇，怪不得在她以为跟蔺月绡和好的第二天，蔺

月绡却像什么都没发生似的对待她，搞得她更加生气。这么说，那之后她和蓝黎在商场逛街时，与自己笑嘻嘻打招呼的人应该也是蔺月魇。

怪不得当时她很疑惑蔺月绡像变了个人似的。

知道那个人是蔺月魇后，洛希亚再去回想，才发现兄弟二人的性格真的天差地别。

当时的她为什么没有深究到底呢？

“说清楚，怎么回事？”不知道为什么洛希亚笃定自己有个双胞胎弟弟，而他本人却完全不知情，蔺月绡紧紧蹙起眉头，急切地追问。

洛希亚把第一次遇见蔺月魇的事情简单交代了一下：“当时，他说自己有一个弟弟叫蔺月魇，然后给我解释了一下‘魇’的意思，还讲了一个双生子的传说，随即又说他是在开玩笑，他的弟弟年纪很小的时候便去世了。”

听完洛希亚的讲述，蔺月绡沉默了许久，他沉声道：“这件事情，我得问问我的父母。”

“所以，整件事情是你那个叫蔺月魇的弟弟为了报复你们，然后搞出来的？”向野总结道。

三个人都还没从震惊中回过神，虽然是实际发生的事情，但为什么讲出来总觉得太过荒诞呢？

蔺月绡和向野确认了彼此阻止召唤异兽的决心，虽然彼此仍有点儿看不顺眼，但还是握手言和，统一战线了。

事后，向野为自己囚禁洛希亚的行为向洛希亚道了歉：“抱歉，小亚，我昨天那样做也是不得已。”

“我知道，我原谅你了，向大哥。”洛希亚笑着摆摆手。

向野将怀中的酸奶还给了洛希亚，洛希亚刚抱着它亲了亲，突然发现它好像有点儿不对。

“蔺月绡，你帮我看看，酸奶是不是有点儿不太对劲。”洛希亚紧张起来。

酸奶本身已年迈，因此这几年洛家都把它当成掌中宝养着，给它的吃的、用的都是猫界最好的。刚才，它不仅误吞了能量石，还又被藺月绡和向野争来抢去，洛希亚很担心它会有什么事。

藺月绡闻言，立刻单手翻动起虚弱的酸奶，它的脸色当即变得难看起来，他看向洛希亚："必须马上手术取出晶石，否则酸奶的身体会因为承受不了这么多的能量而爆炸。"

3

“咱们赶紧送它去宠物医院吧！”闻言，洛希亚慌张起来。

蔺月绡拒绝了她的提议：“不行，现在送它去宠物医院已经来不及了。光是从这里下山就要一个小时，它的情况等不了那么久。”

说话间，蔺月绡抬头看向一旁的向野，对方立刻摆手：“别看我，我可不会给动物做手术，我的家庭医生最近在休假，也不在。不过我这里倒是有一间医疗室，随便你们怎么用。”

“那……要现场做手术吗？蔺月绡你帮帮忙好不好？酸奶是我奶奶留下来的，它要是没了，我爷爷会受不了的……”洛希亚急得眼泪在眼眶里打转。

蔺月绡叹息地看着洛希亚，他现在也是心有余而力不足，刚才在与向野打斗的时候，他的惯用手受了伤，动一下都疼，更别提做手术这么考验手上技术的动作了。

他握住了洛希亚的肩膀：“小亚，看着我的眼睛……咱们现在这里，唯一能救酸奶的人只有你了。你平常看我和林凯做动物手术的次数也不少了，酸奶这个手术很简单，你只要取出它胃里的晶石就可以了。”

听到他的话，洛希亚的脸顿时变得惨白，她摇晃着脑袋：“不行的，我不行的！我不能见到血，我会当场晕倒的……”

蔺月绡定定地注视着她：“我知道你可以的，你也很想救酸奶，不是吗？现在只有你能救它了。”

他看向一旁的向野：“麻烦你让人准备一下手术所能用的器材。”

“我真的不行的，蔺月绡，我会害死酸奶的！”洛希亚抗拒着。

“你可以的，你最近不是情况好很多了吗？相信自己！而且，我也会一直在你身边指挥你。”蔺月绡将洛希亚从沙发中拽了起来，在向野的引领下，往医疗室走去。

洛希亚被赶鸭子上架地推到了简易手术台前，她浑身颤抖着：“我……我……蔺月绡，我……”

“开始吧，以酸奶现在的情况，每拖一分钟，它的生命危险就大上一分。”蔺月绡揉了揉她的脑袋，轻声安抚，“我会帮你的。”

在蔺月绡的指挥下，洛希亚拼命忍着身体里想要逃跑的冲动，给酸奶打了麻醉针，又把酸奶身上即将要动刀部位上的猫毛，用剪刀剪干净了。

她深深吸了一口气，颤抖着握住手术刀，鼓足勇气朝酸奶的胸膛处落了下去。

血从刀尖下滴落的时候，洛希亚的大脑瞬间一片空白，她条件反射地想扔下手术刀逃跑，蔺月绡的声音适时地在旁边响起，鼓励着她：“加油，小亚……”

蔺月绡的鼓励犹如一记撞钟，顿时把她给“撞”醒了，她再次在心中蓄起一股劲儿，强打着精神，不断默念道：“洛希亚，别晕倒，别晕倒！现在酸奶的性命可在你的手上！”

手术结束后，洛希亚大脑混混沌沌的，不知道自己刚才是怎么做完这一切的，全凭着强烈的信念。

蔺月绡微笑着对她竖起大拇指：“我就知道你可以的！”

洛希亚也露出满足的笑容，她胸腔蓄着的那股气泄了，只觉得自己全身的力气忽地被抽空了。她眼前一黑，身体软绵绵地朝地上倒去。

在蔺月绡的惊慌和呼喊中，她失去了意识。

洛希亚在向野家待了两天，因为时值周末，并没有引起洛家的怀疑，只当是她去朋友家玩暂住了一晚。

不过，酸奶的肚皮上突然出现一道不短的手术疤痕，家里人都是兽医，自然一眼就看了出来，追着问她发生了什么事情。

洛希亚无法搪塞，只好半真半假地说：“我那天带着酸奶去朋友家玩，蔺月绡和煤球也一起去的，没想到酸奶居然将我朋友的金属首饰吞进肚里，面临生命危险。蔺月绡手受了伤，我们在郊区，附近又没有宠物医院，当时赶不及去市里救治，所以只好由我亲手做手术，将酸奶肚子里的首饰取了出来……”

一听到蔺月绡当时也在旁，洛家人没有产生丝毫怀疑，只是他们的关注重点却是另一个……

“真的是你亲自做的手术？”洛妈妈显然不相信洛希亚的能力。

洛爷爷检查起酸奶的缝合口：“看这切线，确实不是老手所为。”

“这缝合也是马马虎虎，确实……”洛爸爸点点头。

“嗯，还真有可能是她自己做的。”听到洛爷爷和洛爸爸的分析，洛妈妈也跟着赞同起来。

“你们这是什么意思啊？”被自己的亲人当面鄙视了一番，洛希亚的心情有点儿糟糕。

“没事没事，以后专业课上好好加油！别给咱老洛家丢人……”洛爸爸安慰地拍了拍她的肩膀。

“哎哟，我可怜的酸奶，竟然受了这么大的罪，最近得好好给它补一补才行。”洛爷爷说着，便伺候起他的宝贝酸奶去了。

酸奶虽然做了手术，受了点儿罪，但也因祸得福。手术伤口复原后，它活泼不少。

蔺月绡告诉她，这是因为酸奶的身体在不知不觉中吸收了晶石的能量，缓解了它身体的衰老。

想起之前的事情，洛希亚恍然大悟地说：“我知道了！酸奶之所以这么喜欢这块石头，是因为那里面的能量对不对？”

蔺月绡点头。

至于那个跟蔺月绡长得一模一样的男生到底是不是他的双胞胎弟弟，蔺月绡也得到了家人的回应。

“你真的有弟弟吗？他到底怎么回事？”

蔺月绡叹息了一声，好一会儿，才凝重道：“因为这件事情，我前几天特意回了老家一趟，我从相识的长辈口中得知，我确实有一个双胞胎弟弟。”

“那是蔺月魇吗？为什么你有个弟弟你却不知道？难道真的如蔺月魇所说，因为是双生子，所以你父母……”说到最后，洛希亚也迟疑起来。

如果这是真的，那么对蔺月魇来说，也太残忍了点儿。

蔺月绡露出一个苦涩的笑容：“我不知道到底谁说的才是真话。他们说我确实有过一个双胞胎的弟弟，但是他出生没多久就生病死掉了，父母当时甚至都没来得及为他取名。因为这件事情，我父母很伤心，因此一直回避这个问题。为了避免他们伤心失望，我没有把蔺月魇出现的事情告诉他们。”

“那……”

“我不相信我的族人会那么残忍，伤害一个刚刚出生的孩子。”

洛希亚点点头：“嗯，你也别太难过了。也许是别有用心的人故意编造的故事呢。”

虽然嘴上这么说，但洛希亚的心里却直觉蔺月魇并没有说谎。

因为酸奶，洛希亚终于克服了她无法面对手术的事情，上实践课对她来说不再是难如登天的问题，只是一般情况下，她还是尽量避免去动手术刀。

因此，白凌依然看不起她，但或许是因为苏铎朵的那一席话，白凌再没有找过她的麻烦。

尾声

平安夜，萧饶在市中心的餐厅订了位子，约洛希亚和苏铎朵一起去吃火锅，同时不情愿地叫上了蔺月绡。

鹿宫市的天气已经很冷了，寒风席卷着大地。

林凯大魔王难得地没有喊他们去实验室工作，洛希亚正开心着，却被解剖课老师叫去了办公室。不知道老师找她有什么事情，也不知道什么时候才能聊完，洛希亚只好给蔺月绡他们发了信息，让他们先去店里占位，自己晚点到。她还不忘提前向萧饶下单，要了暖身的羊肉以及蔺月绡最爱的各式蔬菜。

萧饶直呼偏心的她不再是从前的那个洛希亚了！

来到办公室，解剖老师对洛希亚这次期中考试的进步赞扬了一番，并希望她能继续保持，表示以后如果她有不懂的地方，可以随时来向他请教。洛希亚乖巧地点头，好不容易才被老师放行。

从学校出来时已是下班高峰期，洛希亚好不容易等来一辆去往市中心的公交车，没想到还遇到了堵车。

眼看时间越来越晚，微信群里，萧饶他们不停询问：

你到哪了？还要多久？

我快要饿死了！

啊啊啊……

越靠近市中心，马路越堵，洛希亚干脆提前一站下了车，打算徒步过去。

天色渐暗，街道两旁的大小商铺门口早早换上了圣诞节的活动宣传横幅，圣诞树也摆进了各个橱窗，在壁灯照射下，显得欢乐喜庆。

早上起床的时候，气温尚暖，所以洛希亚只套了件薄款呢大衣便出了门，没想到下午突然降温了。

天气预报说，晚上会迎来今年的第一场雪。洛希亚原本还不信，但是看现在这天色，感受着刺骨的寒风，下雪是十有八九的事情了。

洛希亚裹紧身上粉色的呢大衣，埋头加快脚步。因为太过匆忙，她在路口转弯的地方跟人撞上了，她一个趔趄倒地，身上挎着的水桶包中的东西撒了一地。

“对不起，你没事吧？”一道温润的男声在洛希亚的耳旁响起。

“没事，是我自己不小心。”洛希亚一边说，一边迅速捡着从包里掉落出来的东西。

这时，一只骨节分明的手伸到她的眼前，那只手托着她的口红，红色的管状口红衬得对方的皮肤越发白皙，洛希亚顺势接过，抬头对上了一张熟悉的脸。

眼前的少年戴着一顶黑色的鸭舌帽，脸上戴着一个黑色的口罩，他穿着一件黑色的短款羽绒衣，搭配一条黑色的修身牛仔长裤，和一双黑色铆钉靴。

他的眼眸是灰蓝色的，洛希亚吃惊地瞪大了双眼。

“蔺月魇？你怎么会在这里？”洛希亚立刻跳了起来，警惕地跟他保持着距离，同时双眼扫视着周围。

见洛希亚认出自己，蔺月魇扬起嘴角，笑了起来：“小亚，好巧……平安夜快乐！”

幸运的是，他们正身处市中心，人流量很大，她被人强行拖走的事情应该不会再发生。

蔺月魇微微举起双手放在胸前，示意自己不会对洛希亚怎么样，脸上露出兴趣盎然的表情：“你怎么知道是我？”

“以前我是不知道有你的存在，现在知道了才发现，你跟蔺月绡真的太不一样了。”洛希亚充满敌意地回答。

“哦，是吗？我们之间什么地方不一样？”蔺月魇戏谑地朝她眨了眨眼睛。

这样的他，让洛希亚一阵恍惚，她想到了两个人第一次见面，在游乐场一起玩耍时的情景。

一时间，她有点儿茫然，她不明白，当时的蔺月魇怎么看都不会是费尽心机想要引起暴乱的人。

她很快收敛起多余的情绪，忍不住追问道：“你为什么要陷害蔺月绡？”

“你不会想知道的……”蔺月魇笑着看她，那双灰蓝色的眼眸闪过一丝危险的情绪。

洛希亚心中再次升起几分警惕，却见蔺月魇的嘴角突然勾起一丝玩味，话锋突然一转：“看来今天是约不到你一起玩耍了呢！本来还想说要不要一起倒数的……”

“我为什么不会想知道？”洛希亚直接无视了蔺月魇的后半句话。

蔺月魇张了张嘴，似乎想说点儿什么，洛希亚大衣口袋里突然响起了娇嗲的猫叫声：“主人，您来电话了！主人，您来电话了……”

洛希亚掏出手机一看，是蔺月绡的来电。蔺月魇也看到了手机屏幕上的名字，他的眼神黯了一瞬，随即朝洛希亚摆了摆手，转身离开：“拜拜，小亚，我们还会再见面的。”

“喂，你等等……”洛希亚叫道，为难地看着手机。

然而蔺月魇的身影很快消失在了拥挤的人群中。

洛希亚这才接起蔺月绡的电话，朝约好的地点走去，蔺月绡的声音立刻响了起来：“你在哪里？怎么这么久才接电话……”

“我……我……快到商场楼下的广场了，路上人太多了，我没听到手机响。”洛希亚有点儿心虚地撒谎。

“嗯，我在广场正门等你。”蔺月绡温声回答。

洛希亚抬头，一眼就看到了人群中的少年，蔺月绡穿着一件浅灰色的羊绒大衣，里面搭配着白色的 V 领毛衣，露出好看的锁骨。黑色的长裤衬得他腰窄腿长，仿佛从时装杂志中走出来的国际男模。他静静地站着，如同一道风景。

周围路过的男女不由自主地多看了他两眼，他却像一无所觉似的，只是静静地看着广场前的公交车站。

注视着蔺月绡，洛希亚心中感觉暖洋洋的，她走上前去：“你怎么下来了？”

“火锅店里太闷了，我出来透透气……”这时蔺月绡也看到了洛希亚，回道。

在看到她后，蔺月绡那双略显清冷的灰蓝色眼眸瞬间亮了起来，精致的脸庞上露出一个淡淡的笑容。

洛希亚不自觉地跟着笑了，暗想着，真不明白当初她是怎么把蔺月绡和蔺月魇认错的，他们明明是那么的不同。

——本季完——

篇外篇

双子恋语·独一无二的表演

洛希亚的生日在冬天，这年她生日的时候，刚过午夜十二点，就被蔺月绡叫了出去。

两个人到达海边时已是凌晨。深冬的海边，月亮被层层乌云笼罩，四下一片漆黑，除了远处的灯塔传来微弱的光亮，整个世界似乎都陷入了沉睡。

海浪重重地拍击着海岸，在这样的季节里，海风显得越发刺骨。洛希亚忍不住缩了缩脖子，拥紧身上的衣服，好奇地张望着："咱们来海边干什么？"

"带你去看一场特别的表演。"蔺月绡说着，将自己身上的大衣裹在洛希亚的身上，拉着她继续往前走。

"什么表演？难道你要表演跳水吗？"洛希亚狐疑，周围连个鬼影都看不到，她忍不住嘟囔着。

好歹今天也是她的生日，为什么她要在这种冻死人的天气跑来海边吹冷风？

不久前，洛希亚看电视的时候，看到电视剧里男主角给女主角安排了一场别出心裁的生日演出，被感动得眼泪汪汪，连连感慨男主角好暖心。

蔺月绡当即表示："这算什么，改明儿我让你见识一场更独一无二的！"

洛希亚原本以为他只是随便说说，没想到他今天居然真的筹谋了什么。只是不知道这大冬天的寒夜里，他们长途跋涉地来海边，到底要见识什么样的惊喜。

"待会儿你就知道了。"蔺月绡继续卖关子。

两个人往前走着，在蔺月绡的带领下，他们来到一个避风的洞穴。虽然有手机的灯光照着，但这样昏暗逼仄的环境仍旧让人感到不安。

惊喜不会变成惊吓吧？

"这个洞里有你说的表演吗？你该不会是想要谋财害命吧？"洛希

亚调侃道。

“没错，可惜被你发现了。”听出洛希亚话中的玩笑意味，蔺月绡也开玩笑道。他突然一把抓住洛希亚，在她惊讶的眼神中靠近，在她的耳边轻声道：“就在这里吧。”

“啊？”过近的距离，意味不明的话语，让洛希亚有些慌神，她的心跳突然不受控制起来。

下一秒，蔺月绡脱了外套，洛希亚这下慌了，刚刚对他人品的笃定瞬间土崩瓦解。她猛地后退几步，慌乱道：“喂喂喂，你别乱来啊！”

蔺月绡没有回答她，只是自顾自地脱去身上的外套，然后在洛希亚转身准备逃跑的时候把外套铺在了两个人身旁的一块凸起的石头上，随即轻笑着对洛希亚做了一个请的姿势：“坐下吧，表演马上就要开始了。”

发现是自己想多了，洛希亚瞬间有点儿不好意思，她忍不住给了蔺月绡一个白眼，才在铺开的外套上坐了下来：“没有外套，你不冷吗？”

“不冷。”蔺月绡刚说完，一个海浪拍来，他控制不住地打了个寒战，幸好周围太过昏暗，洛希亚并没有察觉。

洛希亚感觉到蔺月绡在她的身边坐了下来，她关闭了手机的手电筒，在黑暗中等待了一会儿，没过多久，他们的眼前出现了淡淡的银色光芒。

那些光芒像萤火虫一样在他们周围浮动，最终在蔺月绡的指尖逐渐汇合，形成了一支银白色的光箭。

洛希亚下意识地屏住呼吸，她知道这是蔺月绡的能力。

虽然之前她已经见识过蔺月绡施展他的能力，但是此刻再次看到，她感觉全然不同。

那光箭像是有生命力一般凝聚在蔺月绡的手心，随着他轻轻推掌，那光箭朝着海面飞去，它在海上旋转了几圈，最后消失在了海面上。

眼前再度恢复黑暗，洛希亚忍不住侧身看向蔺月绡，以为他还会有其他的动作，却见他一动不动地望着海面。

“这就没了？”洛希亚忍不住有些失望。

蔺月绡将她的脸扶正，示意她继续看着海面，语气温柔地道：“耐心点儿。”

洛希亚只好继续盯着海面，这时，漆黑的海面下出现了异象。

水面下，点点光斑逐渐聚集。原本，洛希亚以为沉入海里的那支光箭又回来了，但是她很快意识到不对劲。

那光点越来越大，范围越来越广，它们有规律地摇曳着，几乎照亮了洛希亚视线所及的整片海域。

“那是……发光水母？”洛希亚兴奋地抓住了蔺月绡的手臂。

“对，喜欢吗？”蔺月绡看着她的侧脸，温柔地问。

“喜欢，太漂亮了！”洛希亚惊叹着。

恰好此时，月亮突破了云层，重新出现在天空中，闪闪发光的海面与天空中的冷月遥相呼应，美得如同一幅画。

“这是我这辈子见过的最漂亮的景色！”洛希亚忍不住感叹。

“话可别说太早。”蔺月绡笑着说。

他的话音刚落，海面下，似乎有什么东西正准备破水而出。

下一秒，一排排的飞鱼如同训练过一般，整齐地破水而出，向着天空中的月亮飞跃而去。

它们流畅的身体线条在半空中划出优美的线条，在月光的照射下折射出淡淡的光芒，随即快速坠落……远远看去，如同海面上升起的发光喷泉。

洛希亚已经彻底被眼前的画面震撼住了，她下意识地摸了摸自己的脖子，随即才想起来她忘了带相机，只能遗憾道：“可惜我今天没有带相机，否则拍下这样美丽的画面，一定会引起轰动的。”

“下次再拍吧。”蔺月绡许诺。

“真的吗？我以后还能看到这么漂亮的景色？”洛希亚惊喜地回头

看向他。

蔺月绡坚定地点头："只要你愿意。"

飞鱼表演过后，海豚也出现在了海面上，它们在发光的水母中嬉闹着，时不时跃出水面，发出欢快的声音。洛希亚兴奋地看着，忍不住问蔺月绡："我能摸摸它们吗？"

"当然！"难得洛希亚有求于自己的时候，蔺月绡自然爽快答应。

他对着海面上的海豚张开了手掌，嘴里发出一声奇怪的长吟，然后就见其中一只海豚发出婴儿般的叫声，向他们的方向游了过来。

蔺月绡牵着洛希亚站起来，两个人往洞口外走去。

石礁下，海豚已经立起身体，对着洛希亚亲昵地叫唤。在蔺月绡的指引下，洛希亚轻轻将自己的手放到海豚的头上，海豚立刻像一个求抚摸的孩子似的，在她的掌心里蹭了蹭。

冰凉而滑腻的感觉让洛希亚一时有点儿不适应，但是很快，她便爱不释手起来。直到手冻到快没知觉，她才依依不舍地松了手。

那海豚在原地转着圈游了好一会儿，才叫着离去。

洛希亚怔怔地看着眼前重新归于平静的海面，突然产生一种恍然如梦的感觉。

"如果时间能永远停留在最美好的时刻就好了！"她忍不住叹息。

"时间不会停留，但是我们可以试着去创造更多的美好。"

蔺月绡说完，洛希亚便再次听到了由远而近的划水声，与此同时，一个发着光的圆圈也离他们越来越近。

等到那光芒近了，洛希亚才发现是海豚去而复返，它的嘴里衔着一个发光的圆环。它不断对洛希亚发出低低的鸣叫。

"给我的？"洛希亚意外地指了指自己。

下一秒，海豚像听懂了她的话似的，朝她点了点头。

洛希亚连忙上前，从它的嘴里接过那个发光的光圈，又摸了摸它的脑袋说了声"谢谢"。接着，那只海豚欢叫着离开了。

洛希亚看向手中的光圈，发现是一个用漂亮的发光海草编成的花环，上面还点缀了不少发光的贝壳之类的东西。

“喜欢吗？”蔺月绡问。

“喜欢！”洛希亚毫不犹豫地回答，“这是我长这么大以来，印象最深刻的一个生日，我会永远记住这一天的。”

洛希亚喜滋滋地摆弄着手中的花环，全然不畏惧冬日的寒冷。过了好一会儿，她突然想起什么，问蔺月绡：“这个花环是海豚编的吗？”

蔺月绡想了想，认真地回答：“大概是章鱼吧。”

想象了一下章鱼编花环的模样，洛希亚顿时“扑哧”一声大笑起来。

蔺月绡也跟着笑：“现在开心了吧？”

洛希亚点头：“嗯。”

“我比较喜欢看你开心的样子。”

蔺月绡的语气太过缱绻，洛希亚突然觉得脸颊有点儿发烫，她不知道该如何回答。

蔺月绡似乎没有感觉到她的无措，继续问：“那你还满意今晚的表演吗？”

“太满意了。”洛希亚点点头。

“满意就好。满意的话，那咱们就赶紧回去吧，我快要冻成冰棍了！”蔺月绡跳了起来。

“噗，是谁刚才说不冷的！”洛希亚忍俊不禁道。

两个人缩着脖子，牵着手朝来时的方向跑远了。

世界第一的
女王陛下
Shifie Di-yi de Nuiwang Bixia
Ⅳ 星夜霓光(大结局)
嗨，这位少女，
我见你骨骼惊奇、天赋异禀，
定是奇才！
一套『男校生存
南』了解一下！
男校生存指南第一式：女扮男装入高校，自定法则你当王！
为了病娇弟弟而被父母逼迫，怪力少女换上男装进入贵族男校，校内三王相争，校外还有校花青睐！道路布满荆棘，且看她如何勇往直前！
男校生存指南第二式：转学遭遇未婚夫，名门贵女来接招！
姐弟二人为求平静生活毅然转学，不料新校依然风波不断。身世真相浮出水面，苏央然是否还能淡定接招？
男校生存指南第三式：严苛暴君放长线，霸气女王不上钩！
步入大学，苏央然管理学生会受阻，洛兰科斯遭遇关闭危机，种种意外接踵而至！面对最强对手神宫岚，苏央然会如何反击？
男校生存指南第四式：商斗一环套一环，江湖还有苏央然！
一个从学生时代就已经布下的局，让曾经亲密无间的姐弟俩最终走向对立的两端。看不败女王苏央然一步步撕开幕后黑手的面具！